暗恋者的救赎

何超杰 著

群众出版社

图书在版编目（CIP）数据

暗恋者的救赎 / 何超杰著 . —北京：群众出版社，2018. 11

ISBN 978 - 7 - 5014 - 5885 - 1

Ⅰ. ①暗…　Ⅱ. ①何…　Ⅲ. ①侦探小说—中国—当代　Ⅳ. ①I247. 5

中国版本图书馆 CIP 数据核字（2018）第 241619 号

暗恋者的救赎

何超杰　著

出版发行：群众出版社

地　　址：北京市西城区木樨地南里

邮政编码：100038

经　　销：新华书店

印　　刷：三河市荣展印务有限公司

版　　次：2018 年 11 月第 1 版

印　　次：2018 年 11 月第 1 次

印　　张：6. 375

开　　本：880 毫米 × 1230 毫米　1/32

字　　数：149 千字

书　　号：ISBN 978 - 7 - 5014 - 5885 - 1

定　　价：32. 00 元

网　　址：www. qzcbs. com

电子邮箱：qzcbs@ sohu. com

营销中心电话：010 - 83903254

读者服务部电话（门市）：010 - 83903257

警官读者俱乐部电话（网购、邮购）：010 - 83903253

文艺分社电话：010 - 83901330　　010 - 83903973

谨以此文献给曾满怀期待、默默暗恋过的你我
感谢那个人出现在你我的生命里
无论爱，或者被爱
都是你我生命的年轮
照亮彼此的前路……

目 录

楔子

“有人，好像死了。”一个女人的声音，很小，带着哭腔，那恐惧感都能隔空传来。

三个月，被发配到这个无人问津的派出所已经三个月了，宋诚托着下巴，望着墙上的挂钟一动不动。

郑新知道宋诚又在发呆，叹了口气，不露痕迹地用手肘顶了顶他。

宋诚回过神来，面前还是那两个人，一脸横肉的中年人，头发比彩虹还多一色的小子。宋诚无可奈何地揉了揉头发，有气无力地说：“你们到底要不要调解？”

“宋警官，怎么能调解，这小子是流氓，我好端端的夜宵摊被他给砸了。”男人掏出手机，把照片给宋诚看。宋诚已不知道看了多少遍了，那小子倒是置身事外一脸看好戏的表情。男人接着说：“这个小流氓砸了我的碗和杯子总得赔钱吧。人家买到假货都要以一赔十，我这个总得一赔一百吧。”

那小子冷哼一声：“大叔，你电影看多了，这不是美国，警官能随便叫吗？得叫同志。你想钱想疯了，还损一赔百，我不过是不小心弄碎了几个杯子、碗而已，给你五十元不要，非要赔五百元，抢钱呀。”

“有完没完，不过就是两个碗、三个玻璃杯的事情，需要像娘儿们一样吵两个小时吗？”宋诚说到后面站起身来，声音也大了。面前的二人怂了，郑新不禁偷笑。宋诚见目的达到，对彩虹头小子说：“现在是凌晨5点，你请他吃个早饭，就这么了结了吧，以后还和和气气的。”

二人还想说些什么，电话响起，宋诚狠狠地瞪了他们一眼，拿起手指在嘴边做“闭嘴”状。

“城南派出所。”

“有人，好像死了。”一个女人的声音，很小，带着哭腔，那恐惧感都能隔空传来。

“哪里？”

“瓦胡同，瓦胡同浴室。”电话断了。

宋诚一把抓起桌子上的车钥匙，踢了一脚郑新的椅子，向门口跑去。

中年人喊道：“你们走了，我们咋办？”

郑新胖嘟嘟的，没宋诚跑得快，冲着中年人喊：“要不等我们回来，要不你们自己去吃早饭。”

郑新一溜烟地坐到宋诚的破桑塔纳内：“啥事呀？”

“死人了。”

“啥？”

车没开多久，油箱指示灯就亮了。

“胖子，你又没去加油！”

这是郑新毕业的第一年，他一脸的无所谓：“宋哥，别激动，咱这儿是拆迁区块，想找只打架的老鼠都没门，还能出啥事，百分百是孩子的恶作剧。”

汽车很快到了瓦胡同，一片漆黑，这里已拆迁三年，因为几个钉子户，重建工作被迫搁浅，荒蛮一片。

“该不会是强拆吧。”

“不可能。”

“但……”还没说完，郑新一声尖叫，宋诚下意识地握紧了枪。

绿光中，一张女人的脸紧紧地贴着玻璃，披头散发，眼睛睁得大大的，面容扭曲，张开的大嘴好像要把他们二人吃掉一样……

第一章　求婚前的一见钟情

她想起自己最喜欢的一位女明星曾经说过：我第一眼看到他，就觉得会嫁给他，会跟他生小孩儿。

5 月的江城已经热得不行，俞笑从永盛大厦走出，背部已经微微出汗。她快步走向一辆黑白相间的 MINI 牌小轿车，坐在车里看着眼前这幢玻璃幕墙覆盖的二十八层大厦。她很不甘心，等了三个小时都没见到负责采购的永盛集团副总裁朱鹤。

永盛集团对俞笑至关重要，半年后她就三十岁了，之前在一家外企的水处理公司任销售工程师，同期的同事要不升职，要不跳槽到其他小公司做了中层，只有她死水一般看不到未来。一个月前，猎头向她推荐了一家民营公司，按照以往，这类推荐她都说句“谢谢”，然后直接拒绝，但这次她犹豫几秒后同意了。当递交辞职报告时，她还在心里默念“树挪死，人挪活”这样的话给自己壮胆。新公司在猎头口中是一朵美丽的鲜花，但进去后才发现是一朵狗尾巴花。她是销售部负责人，却没有老客户，老板当时承诺的老客户没一个交接给她；民企五险一金是按照最低标准缴纳，而非工资的比例；公司内部钩心斗角，内耗严重，看她不顺眼的行政总监赵瑜晴私下不止一次说俞笑肯定熬不过两个月的试用期。

想到赵瑜晴，俞笑还挺羡慕她的。赵瑜晴人长得漂亮，身材凹凸有致，家庭殷实，父亲经商，和老板又是发小，这样的条件吸引了不少追求者，尤其是技术部经理唐希贤追得最起劲，可赵瑜晴对每个追求者都暧昧，既不拒绝也不接受。

车开到红灯处，她抬起头，看到江城大学几个毕业生穿着学士服三三两两地携手而出。他们面带笑容，跟当年的自己一样，憧憬着未来，准备让这个世界更美好。

多么美好的年纪！

后面的车按喇叭提醒她绿灯了，她忙启动，心里却想到了另一个问题，那个问题更让她窒息。

同事都能感到欧阳琪的喜悦，私下说这不应该呀，因为他实在太内向了。几个关系好的同事问他是不是瓦胡同房子拆迁谈妥了，他笑而不语。

欧阳琪是公司的程序员，几年前就有领导帮他张罗终身大事，但几个姑娘的态度都差不多，虽然对他的老实本分大加赞赏，但都以各种理由推托他的第二次约会邀请。此后他拒绝了一切相亲活动，因为他对每一个姑娘都真诚相待，说着自己的各种事情，姑娘们当面也是各种称赞、各种理解，让他觉得每一次都遇对了人，即便成不了恋人，也可以做朋友，可结果却不遂人意，天知道那些姑娘转个身又会是一种什么说辞。相比相亲失败，姑娘们的这些表现更打击他，在很长一段时间里，他觉得坦诚或许是一个缺点吧。

下午三点钟，欧阳琪坐在办公室楼下的咖啡厅。他要了一杯美式咖啡。对面的是个面部化了妆，头发有些凌乱的小姐。

“欧阳先生，一个礼拜后就是你的生日了，你要相信我，这方案很棒。”

欧阳琪抿了抿嘴：“好。”随后他把合约翻到最后一页，在右下角的乙方处签了名。

“不需要通知我女友吗？”他有些不放心。

小姐利索地收起合约：“不需要，我们缘来是你策划公司做过很多你这样的案例，至今保持百分百的成功率。”小姐走之前，还不忘来了一句：“你就等着发喜糖吧。”

欧阳琪在洗手盆的镜子前站了一会儿，他很久没审视自己了：身材不胖不瘦，长相应该还算顺眼，这件外套看上去颇为精神，勉强还算一个不错的男人吧。镜子里同时显现出坐在拐角处的一个男人，那个人年轻帅气，浑身透着一丝不苟的精英气息，自如地操作着一台最新款的笔记本电脑，自己和他比起来真是差远了。这让欧阳琪有些丧气，先前的愉悦一下子都没了。

俞笑在回家路上接到闺密刘欣的电话，她恨不得这辆小小的MINI COOPER变成驰骋天下的越野车，可惜临近晚高峰，纵有一百码的心，也只能忍受龟速，手机里刘欣的信息一条接一条：

到哪了？

快来，不确定他待多久？

你到底到了哪里？

姑奶奶，回个信息吧。

又是红灯，俞笑把手机扔到副驾驶位，提醒自己一定要冷静，她关掉了叽叽歪歪的晚高峰广播，放起舒缓的轻音乐。犹记得工作的第一年，她曾火急火燎但蓬头垢面地出现在客户面前，师傅警告她：“宁可错过一次机会，也绝不允许自己很邋遢或者很没精神地出现在客户面前，因为那样的努力只会感动自己，恶心客户，只有有所准备才能真正把握机会，否则就是陷阱。”

俞笑打开抬头镜，熟练地给自己抹上口红，涂上 BB 霜，又理了理头发，安抚自己要冷静。

停车场到西餐厅有点儿距离，俞笑一路小跑，快到了才改为步行，并调整呼吸。她一进门就被一个女人搂住：“姑奶奶，你总算来了，我故意放慢了上菜速度，你要是再不来，我就要比你先失业了。”

“在哪里?”顺着刘欣的方向看去，俞笑看到一个硬朗的背影。

“确定是他?”

“百分百。”

江城真小，在苦等三天见不到朱鹤后，她向刘欣发了牢骚，而刘欣竟然认识朱鹤，原来他们餐厅老板就是永盛集团的股东之一，永盛员工偶尔会来捧场。

一个服务生端着牛排，无可奈何地对刘欣说：“主管，现在可以上了吧。”

刘欣点点头，俞笑突然从服务生手里端走牛排，服务生哭笑不得。

“先生，您的牛排。”

一双修长又精致的手将书合上，是本精装版《爱的艺术》。俞笑知道这是德裔美籍心理学家艾·弗洛姆的代表作，他试图说服读者：爱不是一种只需投入身心就可获得的感情，如果不努力发展自己的全部人格并以此达到一种创造倾向性……

书的主人抬起头，俞笑的思维在那一瞬间停止，那是张俊朗的脸，眼睛不大，却好像能看透你的内心。她的笑容凝固了，脸上火辣辣的，之前准备好的说辞全忘了。她想起自己最喜欢的一位女明星曾经说过：我第一眼看到他，就觉得会嫁给他，会跟他生小孩儿。

“俞经理，谢谢你。”朱鹤拿起刀叉。

俞笑有些尴尬，拉开椅子：“不介意我坐下吧。”

“你说呢?”朱鹤声音有些冷，但随后又给了俞笑一个笑容，算是允许了。

“朱总认识我?”

“我也好奇你怎么知道我在这儿，但要让俞经理失望了，从私的角度，我不喜欢在私人时间谈论工作；从公的角度，目前还不到永盛集团重新招投标的时间，更重要的是，现在的乙方，我们非常满意。”

不是死缠烂打的时候，俞笑起身告别，不小心撞到了桌角，朱鹤面前的红酒杯晃了几下，这让她十分尴尬，该死，今天怎么了。是真的不是死缠烂打的时候，还是很想逃离，觉得自己不配站在这里，她也不知道。

出门时，刘欣在朱鹤看不到的地方，将一个纸袋塞给俞笑：“新厨师的便当。”

俞笑开车回到自家的小区，车停好后却不想下车。她拿出便当，看到里面有三格，从上到下分别是蔬菜沙拉、鸡肉块、面包。鸡肉块是她最爱的照烧，但她现在没有食欲。不知道为什么，她突然哭了，情绪很糟糕。

老爸帮俞笑开了门，俞笑看见欧阳琪坐在沙发上，她这才想起今天欧阳琪要来吃饭。

“怎么这么晚回来?”老妈从厨房里端出一盆鱼，语气有些埋怨。

“没事儿，笑笑跟我说过要晚点儿回来的。”欧阳琪一边帮俞笑妈端菜，一边赶忙让俞笑洗手。他小声对俞笑说：“给你打了很多电话，没人接，有些担心。”他拿起毛巾帮俞笑擦手。

“开会静音了。”

吃完饭，俞笑送欧阳琪下楼。欧阳琪去拉俞笑的手，却被躲开了。这已经不是第一次，应该是女人的矜持，他安慰着自己，只是偶尔也会怀疑她是不是讨厌自己，但今天他没多想，因为还有更重要的事要说。他努力让自己说得很随意：“周六是我的生日，要不，咱们叫上朋友过一下？”他语气中的小颤音没有逃过俞笑的耳朵，她点了点头。

回到家，老妈说隔壁刘大爷的孙女小敏已经大肚子了，果不其然，老妈接着说：“你和欧阳有小半年了吧。”

熄灯后，俞笑怎么也睡不着，朱鹤的脸反复在她脑海中出现，尤其是合上书，抬头望向她的那一刻。

这算一见钟情吗？为什么自己这么欢欣喜悦，谈不上有什么具体的事情，只是觉得浑身充满了热量，那种要烧透自己的感觉，恨不得此刻能再次见到他。

她也想到了欧阳琪，他真的是个很好的结婚对象：稳重，不吸烟、不喝酒，老实又可靠。他有专业背景，工作稳定，有套一百二十平方米的婚房，上次带老爸、老妈去看了，老妈很喜欢那里的绿化和物业，老爸还在那里遇到了老领导，对方看到老爸时有过一闪而过的惊讶。欧阳琪对自己更没话说，虽不懂浪漫，但每次会笨拙地点很多菜，会送一些不适合她穿但标价很高的衣服。

很多过来人说，遇到这样的男人是一种福气，俞笑也想乐在其中，去踏踏实实感受那种幸福，但很抱歉，她没有约会的快感，每次就像完成任务一样，总期待着快点儿结束。

每次的约会都没有期待感。对，没有期待感的约会糟透了。如果恋爱都这样，那婚后会怎么样……她的胡思乱想被垃圾车的声音打断，垃圾车每天雷打不动凌晨 5 点过来，动静很大，而俞笑家又是一楼，不堪其扰。几户居民一起去物业公司反映，物业公司说了，这需要大家理解，毕竟环卫所需要考虑全市的垃圾统一清除。最后被吵得烦了，物业经理干脆说，你们这个老小区物业费才六毛钱，当然不可能跟人家三块八、四块五的小区享受一样的服务。等他们再去找的时候，那个物业经理已经跳槽到旁边一个高档社区。有一次俞笑妈从超市回来，在高档社区门口看到那个物业经理对住户各种低头讨好，俞笑妈在街坊邻里面前模仿得惟妙惟肖。她知道，父母是不想让自己住这里了。她每次打开窗户，一阵垃圾的恶臭都会飘进来。

难道这辈子就这样了，注定无法遇到那个对的人，可人生就只有一次呀！俞笑突然紧急刹车，她差点儿撞到前面的面包车，真不该在开车时想这种问题。

销售部算上她自己，总共四个人，虽说她是部门负责人，但下面三个人并没有把她当回事儿。这也不能怪他们，过去一年已走马上任五个部门经理，平均任期两个月，他们认定俞笑也会立马消失。行政总监赵瑜晴在这一年中更像真正的销售部负责人，以她的性格，是不会允许俞笑这样的人存在的。

前几天俞笑第一次参加公司的月例会，其他人对她谈不上热情，但还算礼貌，轮到赵瑜晴说话时，直接把销售部的年终绩效考核扔了过去，说这就是俞笑的任务。俞笑强忍住心中的不快，语气还算平静："绩效考核不是应该职能部门提出来，由公司审核的吗？"

赵瑜晴之所以能在公司呼风唤雨很大原因就是她父亲和老板是好哥们儿，因此公司上下虽对她颇有怨言，但都不会得罪她。与会的人看向俞笑，眼里充满了幸灾乐祸，只有坐在老板身边的前台上官燕，停下手中的会议纪要，一脸担忧地看着俞笑。她是公司唯一对俞笑友善的人，从外地来江城打拼，大专学历，长得一般，说话软绵绵，听着很舒服，却总能不露痕迹地解决好问题。她偷偷喜欢着技术部经理唐希贤，每天都会给他带那种需要花时间和精力做的早餐，但保密工作做得很好，除了俞笑没人发现。有次下雨，俞笑看到唐希贤没带伞，一脸无奈地站在公司门口，片刻后就看到上官燕把伞送过去，那是晚上 7 点 49 分，那天并不需要上官燕加班。唐希贤眼里只有赵瑜晴，即便人家不把他当回事儿，他也乐此不疲，仿佛只要赵瑜晴跟他说过一句话，就能让他高兴半天，哪怕这句话是这样的："唐经理，今天一定要把你们技术部的下半年计划表传给我哦，拜托了。"

"你该不会以为这是我自己做的吧？这报表可是你前任畅经理花了好几天做的，一般人还做不来，你照做就好了。"赵瑜晴的语气充满挑衅。俞笑是华强公司第一个有国际大公司背景的员工，与会人员其实挺想看俞笑出丑，好证明外来的和尚未必能行。俞笑抬头看了一眼老板，老板没有任何表情，这让她十分愤怒。她直视着赵瑜晴说道："赵总监，两个月前你通过猎头跟我说，是当时的销售部经理能力不符合公司要求才被开掉的，所以希望我来，但现在你又说我只要照着他制订的计划就可以了，我不知道该听你哪一句。"

赵瑜晴一时语塞，会议室空气紧张，没人在此时说话，上官燕看到老板拿起笔，转了几转，知道老板要说话了，她松了口气，老板这次并不打算偏袒赵瑜晴。

“俞经理，我们公司非常团结，你这样说过分了。赵总让你签绩效考核，还不是为了公司整体利益，我们作为部门负责人不就该想方设法完成公司任务嘛。”是唐希贤的声音。俞笑听他这么说，第一感觉不是讨厌，而是好奇，上官燕怎么会看上这个男人，他也就长得还算端正。

唐希贤第一次看到赵瑜晴注视着他，感到了作为一个男人的尊严和自豪：“俞经理，除了你们销售部，我们其他部门都签了，晚签不如早签。”

俞笑笑了，她万万没想到，自己选择了这么一家荒唐的公司，浑身上下都透着小家子气和上不得台面。

上官燕看到老板握笔的手攥得更紧了，担心唐希贤又说出什么离谱的话。她拿起热水壶，走到他身边，轻声问需不需要加水。唐希贤正在不爽，冲着上官燕嚷道：“别烦我，有没有一点儿眼色，没看到我们在谈正事吗？”

唐希贤的突然转身，撞到了上官燕，她一时没拿稳热水壶，热水倾泻而出，虽然绝大多数倒在地上，但还是洒到了上官燕右臂。她忍着没出声，立马捂住手臂说：“各位继续，是我不小心。”她退出会议室，叫保洁阿姨过来清理。会议室内，老板终于开口让俞笑自己做好考核，但必须限期拿下永盛集团的订单。

原先的考核任务并没有多大问题，只是俞笑不喜欢赵瑜晴而已。她出门去看上官燕，只见她白嫩的右臂上一片鲜红。

俞笑帮她擦拭药膏，但却说不出一句安慰的话。或许人生就是如此，像上官燕这样的女生用尽自己的一切心思、一切力量，无时无刻关心着喜欢的人，可是不管她怎么努力，也无法改变一个现实：即便你全力以赴，也得不到你想要的，但有些人却可以什么都不做就能轻易得到你梦寐以求的，甚至是随意丢弃，例如赵瑜晴。

俞笑胡思乱想间，竟然把车开到了永盛集团。她还没想明白自己怎么来了这里，就听见有人敲车窗，竟然是朱鹤，她急忙下车。该死，今天穿的还是那双有些年头的皮鞋，她的双脚不自主地往后收了收。

“我刚送走一个客户。”朱鹤穿着白衬衣，面带似有似无的微笑说。

俞笑一时说不出话来，只是尴尬地笑笑。

“去我办公室坐坐吧。”朱鹤说完就转身走了。

俞笑紧紧跟在朱鹤身后，忽然有一种莫名其妙的幸福感。他的头发，他的领口，他的后背，他的臀部，他的一尘不染……在她眼里，他一切都是完美的。

朱鹤的办公室很特别，大多数负责招标采购的老总的办公室里堆满了各种样品材料，仿佛为了证明自己的专业和尽职似的，但他的办公室却别致得像个艺术家工作室。

“来杯咖啡？”朱鹤将胶囊放入咖啡机中，随后举起一把椅子放在落地窗前，示意俞笑就座，接着把咖啡送到她手上后便很随意地坐在办公桌边，抿了口咖啡。俞笑始终很紧张，只能假装被窗外的风景吸引。

“这个位置不错吧，可以看到半个江城，有人做过研究，说舒服环境下会比较容易接受不好的结果。”

“是很不错。”俞笑抿了下嘴。

“我考察过你们公司，华强在国内是不错的水处理公司，但我们三十五个五星级酒店已和 TMC 签了长约。我不认为外国的月亮比中国圆，恕我直言，技术容易学，企业文化却很难。如果你们华强本身不团结，对我们来说就是颗定时炸弹。你在外企待过，应该明白现阶段我们只能选择 TMC。”

看来自己公司的内部分歧已是行业内的笑柄，俞笑想到，但她没有泄气，反而欣赏朱鹤的直率。她瞥见朱鹤背后有一本书，整洁的封面上写着“少女杜拉的故事”七个大字，这让她稍许集中了点儿注意力。

她稳住自己的呼吸，第一次与朱鹤四目相对：“华强确实没法和 TMC 相比，但它对永盛是有利的。据我所知，永盛集团一直想把酒店业务分离单独上市，这需要一个漂亮的财务报表。国内这几年高端酒店业都不景气，漂亮报表除了开源，节流也很关键，华强在性价比方面优势明显。”

俞笑拿出精致的方案书，放在办公桌上：“希望朱总能够在看完整体报告后给予华强一个机会，我先告辞了。”

俞笑头也不回地走出办公室，她明知这很不礼貌，但也没有办法。她无法在那里再多待一秒，要让自己在朱鹤面前始终表现得大方得体，她没有半点儿信心。

与刘欣约了上午十点在星巴克会面，这次约会是俞笑提起的，可途中前方的四车追尾让她反而迟到了半小时。

俞笑喝了一口刘欣递给她的香草拿铁，心里十分懊悔没喝朱鹤亲手冲泡的咖啡：“你跟朱鹤熟吗？”

刘欣没有半点儿犹豫：“我是对他很熟，但他对我也就是眼熟吧。”她说完笑了起来。

“有熟悉他的朋友吗？”俞笑并不死心。

“我呀。我可是他最熟悉的陌生人了。”看到俞笑好笑的表情，刘欣继续说，“这家伙太招女人喜欢了，每次他来我们餐厅用餐，总有女人议论他，我不想听都不行，久而久之，我就成了他最熟悉的陌生人，你都没见过现在小姑娘的花痴程度。”刘欣说起此类话题就止不住，最后她激动地站起身总结，“按照庸俗言情小说的套路，这样完美的男主角最后是不是应该抛弃那些花样美少女，选择了大龄、工作苦逼、长相普通的路人我呢，是我在他用餐时默默地站在后面给他支持的。”

俞笑敲了敲桌面：“姐姐，醒醒吧，你儿子喊你去开家长会了。”

朱鹤的轮廓越来越清晰，三十二岁，钻石王老五，热衷于体育，曾获江城网球比赛冠军，学生时代的学霸，考入国内顶级大学读金融，在研究生保送博士时意外放弃，回到江城成为永盛集团总裁助理，先后负责过房地产、大健康产业两大版块，一年前成为公司副总，主要负责成本、招投标及新产业拓展，是老板最信任的人。

“怪不得那么多女孩儿暗恋他。”

“我还知道他的一个秘密。”刘欣有些神秘，见俞笑凑过来很有兴趣的样子，故意摆摆手说，“算了，我还是不说了，反正跟你的工作也没关系。”

俞笑拉起刘欣的手：“求你了。”

“还记得三年前冬天那个见义勇为的新闻吗?”

俞笑对那个新闻有少许的印象，点了点头。

“那是江城百年一遇的寒冬，在瓦胡同桥下，有个女孩儿落水，当时有个不留名的男人跳下冰冷的河水，不顾自己的安危，把女孩儿救了上来，当时新闻说，要是再晚几秒钟，女孩儿就没命了。”

“太夸张了，几秒钟，你以为是好莱坞大片里超级英雄拯救地球吗?”

“这当然不是关键，关键是当时只拍到他的一个背影，那个身材健美呀，秒杀现在很多健身教练，所以被媒体誉为最美的救人英雄。”

“难道，难道这个人是朱鹤?”

“就是他，只是他从来没有承认过。”

第二章 疯狂的暗恋

不管生活已经多么糟糕、多么让人丧气，朱鹤就是唯一可以给予俞笑力量的人，没有什么可以阻挡俞笑想见朱鹤的决心。

周五下午三点半。

奶茶店的店员是个长发姑娘，年轻的面容看不出是全职还是兼职的学生，她把打包好的奶茶双手递给欧阳琪。

“抱歉，让您久等了，您的红茶玛奇朵和波霸拿铁好了。”

欧阳琪回头看了眼排队的人，不知是不是放学的缘故，队伍越来越长。

他小心翼翼地拎着袋子，生怕奶茶洒了，要不是公司前台胖姑娘推荐，他怎么也想不到如今的奶茶竟然这么红火。胖姑娘害羞地说：“要是有男人肯替我排队两个小时买奶茶，我肯定会答应做他女朋友的。”因为不知俞笑的喜好，他特意买了两种不同的口味。奶茶店店员偷偷告诉他，没有女孩儿能逃脱这两种口味的。

欧阳琪在华强公司楼下，本想打电话让俞笑下来拿，纠结一番后还是决定亲自送上去，一路问到销售部办公室，里面有两个员工，好像在讨论周末的自驾游。

“请问俞笑在吗？”

“现在怎么连外卖员都可以进来了。”短头发的女员工瞥了他一眼。

欧阳琪有些尴尬：“我是她朋友。”

“她去见客户了，今天不回来了。”

欧阳琪有些失望，把两杯奶茶放在桌子上，有些腼腆：“请你们喝的。”

“那谢谢了。”两个员工终于抬头看了他一眼。

欧阳琪离开后，赵瑜晴进来，二人忙放下奶茶。

“那个人是谁？”

“来找俞经理的。”

“她人呢？”

“去永盛集团了。”

赵瑜晴不屑地说：“永盛集团，她能行吗？我们已经跑了两三年了，那个朱鹤真是软硬不吃。”

我这几天都干了些什么？俞笑第一次用疯狂形容自己。

这几天她都会在早上 7 点 40 分到达永盛集团楼下的烘焙店，此时距离永盛集团工作时间还有五十分钟。她选择靠窗最里面的位子，这个位子的精妙之处在于她可以看到落地窗外的街景，而店外和收银台处都无法看到这个位子。约半小时后，朱鹤会停好那辆黑色的奥迪车，然后步行五十五秒到烘焙店，挑选一袋全麦面包后离开，他从来不用店铺主动提供的包装纸袋。这让店员对他交口称赞：帅气、有礼貌，更有环保意识。有一个女营业员还说，曾经看到他为两个乞丐买过够他们吃三天的面包，只有那次他拿了免费纸袋和纸巾。

目送朱鹤离开后，俞笑也会假装不经意间，在同一位置选上相同的全麦面包。

俞笑并不依赖微信、微博这类网络社交平台，但这几天她一直会用朱鹤的个人信息去搜索，例如他的手机号码、姓名、姓名拼音加出生年月等。她找到了他的微博以及他在论坛上发的帖子，然后花了整整一个上午才把他微博上的所有主题看完，甚至连底下的评论都一字不落。但她不敢点击关注，潜意识里觉得这是一个秘密，这种秘密感让她感到了快乐。

她越来越了解朱鹤，例如他是一个民间环保组织的骨干。她因此加入那个组织的 QQ 群，可惜群的活跃度并不高，朱鹤没发过言，但俞笑还是把 QQ 信息设置为主动提示，生怕错过任何一个信息。

这是怎么了，怎么会这样疯狂，却无法停止，和他共处一个 QQ 群都能让俞笑感到幸福。

原来喜欢一个人，不，原来爱上一个人是这样的感觉。

俞笑又想起了上官燕。就在昨天，俞笑回到公司时遇到了正在收拾东西的上官燕。上官燕说，她已经离职要回老家了。俞笑买了两杯咖啡，特意叮嘱店员那杯香草拿铁多加点儿奶和糖。二人靠在大厦天台的栅栏上，望着远方。

"因为他?"俞笑看着不远处的大厦。玻璃幕墙上有三四个"蜘蛛人"正在擦拭着，他们身上的绳摇摇晃晃的，让人很是担忧。

上官燕摇摇头。在过去那么长的时间里，她总渴望在这个孤单又寂寞的城市里，可以把暗恋的喜悦和苦涩不经意地告诉另一个人，可今天她却不知从何开口。那些“蜘蛛人”慢慢下去了。

“人生最痛苦的绝望是被人嫌弃，被你的亲人嫌弃，被你的密友嫌弃，被你暗恋的人嫌弃。”上官燕转过头，对着俞笑扬起咖啡杯，笑着说，“真好，很甜，我喜欢。”她一口喝完了整杯咖啡。

风继续吹，吹乱了上官燕的长发：“有时候我会觉得这个世界很不公平，有些人的起点却是你朝思暮想的终点，后来我想明白了，人生就是这样，不能只对比一点，也不能永远拿自己的弱点去对比别人的长处。我尽力了。这是我二十六年人生里最全力以赴的一次，虽然我并不想用没有遗憾这类的话安慰自己，但是我真的尽力了，毫无保留地对一个人好也是奢侈品，很有可能这辈子就这么一次了。只是我还是很难受，一个人究竟要受多少次伤害才会明白，无法回应的热情早就该撤了。”

二人告别时，上官燕第一次任性地将空纸杯扔向远处的垃圾桶，可惜运气欠佳。俞笑微微一笑，转身。

“俞笑！”上官燕笑着大声喊她的名字，俞笑转身被上官燕用力地抱住，在她耳边轻语，“如果遇到一个真心对你好的，一定要紧紧抓住，别像我，被你喜欢的人嫌弃，这滋味生不如死，要是下次遇到一个对我好的，我会紧紧抓住，我不想让爱我的人受这种痛苦。”

手机提示音打断了俞笑的发呆。

俞笑放下面包，拿起手机，竟是朱鹤发群里的信息：明早5点，瓦胡同晨跑。

这条消息两三秒内就被撤回了。

半小时后她就在百货公司选好了最新款的运动跑鞋和运动服，之所以选择这个运动品牌，是因为她很喜欢这个宣传语：全新开始。

她真的对现在的自己无能为力，她穿上白色的运动鞋时想。

包厢里的灯光忽亮忽暗。

“这个亮度可以吗?”缘来是你策划公司的小姐看上去有些不耐烦。

“我总觉得……”

小姐不客气地打断了欧阳琪：“你们工科生都是数据控，经验告诉我，这亮度是最舒服的，你不能完全照搬技术参数。”

小姐见欧阳琪点了点头，时间已是下午 6 点半，距离她的约会不到一个小时了，跟助手交代几句后便匆匆离去。

今天是欧阳琪的生日，他很早就通知几个好朋友务必在 7 点准时到，最后郑重嘱咐不要早到，因为他到现在都没下定决心，要不要求婚。

每当做不了决定时，他习惯把利弊写在纸上：

主观上，我想和笑笑生活在一起。

我们恋爱虽不到半年，但每次都非常开心，没有矛盾，笑笑没有拒绝过我的约会。

笑笑爸妈对我很满意，已经在催促我们结婚，前几天我听到笑笑妈跟邻居称呼我为女婿。

我们两个年纪大了，如果再晚点儿，笑笑会成为高龄产妇，这有风险。

他写完第四条后，又在第一条后面加了“非常想”三个字，这才心满意足。但这终究不是大学考试，如果这次求婚失败了，那么两个人的关系还能继续吗？而且俞笑总是抗拒两个人的近距离接触，例如牵手、拥抱，一想到这个，他的额头汗点密布。

俞笑打电话回家说不回去吃饭，她妈笑着说早就知道了，今天不是欧阳这孩子的生日嘛。俞笑懊恼自己已经第二次把欧阳琪给忘了，看着前面排队过红灯的车子，她很烦躁，有那么一瞬间觉得要是不用去参加该有多好，不认识这个男人现在会不会更自由。

欧阳琪不时走到窗边望向停车场，服务员已经来催过几次，朋友让他给俞笑打电话问问在哪里，但他却认为这会影响俞笑开车，有安全隐患。最后他干脆直接跑到了停车场，等待许久后，终于看到了俞笑的车，他开心得像个幼儿园等待家长接回家的孩子，飞奔过去。

俞笑进包厢后发现欧阳琪这次请了六个朋友，其中三个是她宿舍的，另外三个是欧阳琪宿舍的，因为欧阳琪的舍友娶了她的舍友，所以才有了半年前俞笑和欧阳琪的认识。

同学的情谊让生日聚会非常愉悦，每个人都有聊不完的话题，但俞笑除外，她想早点儿结束这次宴会，说不上为什么，就是不喜欢待在这里。

突然灯光熄灭，音乐响起，后面的隔板被推开，大家“哦”的惊叹声中才明白今天的重头戏在后面。那里灯光浪漫又迷离，巨大的屏幕上播放着二人的合照，音响里唱着一个男人面对爱情时的忐忑喜悦，一个“心”形的粉色蛋糕，遍地粉色的公仔，还有玫瑰花，大家此起彼伏的起哄声。

欧阳琪站在蛋糕前，拿起话筒：“今天是我的生日，谢谢你们陪我度过，三十二年前我最亲爱的妈妈把我带到这个世界上，十年前她在我生日那天离开，所以我已经有十年没过生日了。”

真是一个伤感的理由。

欧阳琪笑着大声说："妈妈希望我快乐，所以从今天起，从这个生日开始，我要做一个快乐的人，做一个浪漫的人，做一个很'二'的人。"大家笑了。

他拿出切刀，邀请俞笑一起切蛋糕。在起哄声中，俞笑上前和他一起切，切到一半发现切不下去。欧阳琪从里面拿出一个盒子，取出戒指，朋友们尖叫，他单膝跪地，对着俞笑说："俞笑，嫁给我吧！"

要拒绝吗？

说了就要负责，那是一辈子的责任。

我真的要和欧阳琪过一辈子吗？

真的可以告别过去，过上平淡的生活了吗？

她想到了上官燕最后的那句话。"如果遇到一个真心对你好的，一定要紧紧抓住，别像我，被你喜欢的人嫌弃，这滋味生不如死，要是下次遇到一个对我好的，我会紧紧抓住，我不想让爱我的人受这种痛苦。"

人只有一辈子，选择一个爱你的人真的是最好的选择吗？

在短短的时间里，俞笑想了很多，直到朱鹤出现在她脑子里。

"对不起，欧阳琪。"俞笑不敢看欧阳琪，夺门而逃。

"笑笑。"朋友还没反应过来，欧阳琪追了出去，撞到端菜的服务员，崭新的白衬衣上溅满了污渍。

俞笑在角落里看到欧阳琪跑向她的车，她转身，朝另外一个方向走去，泪流满面。

手机短信提示音，是个陌生号码：我将离开江城，想跟你告个别，希望你一切都好。

骗子们又翻新花样了吗，类似于“明天到我的办公室”的短信诈骗。俞笑懊恼自己都什么时候了还关心这种事，她关了机。

人生的意义究竟是什么？

是有一份稳定的工作，可以不去谈喜欢不喜欢，只要有稳定的薪水，在别人眼里还算体面即可？

还是有一个安定的家庭，有陪伴你的人，可以不谈相不相爱，只要对方人品尚可，没有不良嗜好，那在别人眼里就是幸福的一对？

这该死的别人的眼里，为什么非要活在别人的眼里，别人不是一个人，是你周围的所有人，是同学，是朋友，是同事，甚至是你的邻居。或许你对工作无比厌倦，对家庭感到无比绝望，但如果别人都说：“你们公司太棒了，居然有欧洲游，要是我们公司也这样多好。”“你老公太棒了，我早上看到他在菜场买菜，真没想到他工作这么忙，还这么顾家，你们太幸福了。”“你老婆太贤惠了，每天都帮你收拾得这么干净，你娶到她真是三生有幸。”

诸如此类，当事人也会感到幸福吧？

但真的是我的人生吗？只属于我，只进行一次的、无法重来的、不能反悔的人生吗？

不，我不要，我不要这样，这不是我要的人生。

那件事又突然占据了她的脑子，瞬间把刚才她对自己懦弱和反复无常的怒火熄灭。是呀，如果选择了欧阳琪，那真的算是告别过去了。她仿佛看到了那个十六岁的少女光着脚一个人独自奔跑，却怎么也跑不到终点，脸上写满了害怕，想大喊大叫又不敢的模样……

俞笑在天台上，看着灯光从辉煌到只剩下广告牌和稀稀落落的路灯。她拿出手机开机，已是凌晨三点半，该回家了，好在自己经常加班，父母习以为常，现在回家他们也不会多想。

从出租车出来没走几米，俞笑就看到了坐在花坛边的欧阳琪，幽暗的灯光看不清他的神色，但肯定是无比落寞，他肯定比自己更加痛苦。俞笑上前几步，又停住，深呼吸，几秒后悄悄转身离去。

有时冷漠就是对别人最好的关心。

不知走了多久，起风了，有些冷。前面的路被推倒的房屋残骸挡住，一排路灯只剩下两三盏还亮着。这不是瓦胡同吗，江城曾经最大的城中村，俞笑对这里并不陌生，大学毕业前两年，因为房租便宜，好几个同学都租住在这里，三年前，瓦胡同的拆迁工作启动，但仍有个别村民坚守，就是人们常说的钉子户，欧阳琪家就是其中之一，怎么又想起了他。

朱鹤曾在 QQ 群里秒删过一条信息：明早五点，瓦胡同晨跑。

那就是今天，就是此时，如果说这个世界真有世外桃源，那么朱鹤就是俞笑心中的桃源，不管生活已经多么糟糕、多么让人丧气，朱鹤就是唯一可以给予俞笑力量的人，没有什么可以阻挡俞笑想见朱鹤的决心。

瓦胡同拆迁困难的很大原因就是面积大，有人曾戏言，如果瓦胡同是一个火车站，那么至少得配两个站点：瓦胡同东、瓦胡同西。朱鹤会在哪里晨跑呢？

一阵骚动打破了寂静，俞笑朝声音方向走去，小心翼翼，那声响持续着，好像越来越大、越来越清晰、越来越密集，俞笑听到了自己的心跳，她有些害怕，不由得站住了，想逃离，片刻后她放低身姿，继续挪向前，绕了一个弯后才发现是一条流浪狗在垃圾箱里找吃的，她这才敢大口地喘气。

“Stop，oh，no。”女人惊恐的声音。

俞笑壮着胆慢慢走过去，她呼吸越来越急促，脚步越来越沉，灯光竟是绿色的，她头皮发麻，慢慢抬头，原来是一个绿尼龙袋罩住了路灯。她借着灯光看到十几米处有两个人，更远处好像有一个一晃而过的背影，她揉了揉眼睛。

一个女人倒在地上，另一个男人弯下身去扶她，那个女人好像已经不行了。

俞笑瘫坐在地上，拿出手机却怎么也记不起报警电话，她试了几次，眼泪流满了整个脸，她哭着想放弃，却瞥见斜对面的墙上写着：瓦胡同浴室，浴资八元，文明拆迁，城南派出所87684110。

她哆嗦着按下手机。

第三章　花季少女之死

我怎么会想到她会慢慢死去，一点点变冷！她说很冷、很怕，求我不要离开，我就一直扶着她，后来她让我抱着她。

案发现场被一辆辆警车和一条条封锁线围住。

宋诚在一堆警车旁边接到刑侦大队队长马小文的电话，这两天他在省城开会。

“我中午就到，你大概说下情况。”宋诚能感到马小文的严肃，江城治安水平全国闻名，马小文昨天刚刚代表江城公安局在省城接受表扬，谁知还没过十二小时，就发生了凶杀案。

“凌晨五点，我接到报警，五分钟后，我和郑新赶到现场，报警者叫俞笑，女，三十岁，白领，在距离大概十六米处的巷子里发现被害者和嫌疑人。被害者，女，在她身上发现护照，上面显示名叫张怡然，十八岁。嫌疑犯，男，四十岁左右，他称自己是无辜的，他发现死者时，死者已经倒地，左胸插有一把水果刀，向他求救，他随后拨打‘120’。”说完这句话，宋诚抬起头，清晨的第一缕阳光照了过来，照得他有些恍如隔世，“哦，对了，嫌疑犯当时戴着口罩。”

“戴着口罩？这个季节？死者身上有护照吗？”

“是的，照片对比，护照是死者本人的，郑新已经找到张怡然的信息，三年前赴美留学，父亲叫张雄，母亲叫任燕。”

“国策地产的老板？”电话那头的声音很吃惊。

“是的，原江城最大的房地产开发商。”

“通知他们没？”

“通知了，但辨认尸体要过几天，张怡然昨天刚回国，距离被害不到十二小时，父母还在美国。她这次回国可能是为了移民的事情。”

“那赶快行动，要在目击者这里了解更多情况，有些她疏忽的事情，我们要提醒她。”马小文在电话那头叹了口气，张雄他虽然不认识，但他突然想起一件事情，让他差点儿没握住手机。

“案发在是瓦胡同浴室吗？”

“没错，就在那里。”

“宋诚，你还记得三年前那起拆迁意外吗？”

经马小文提示，宋诚放下电话，他重新看了一眼对面已经被推倒一半的浴室，想起他从警校毕业入职第一天，跟着马小文来调解拆迁风波。浴室的男主人叫王国力，他从安保的束缚中挣脱，突然出现在巨大的起重机前，因躲避不及，被铲倒在现场，而他年仅十四岁的儿子王明为去救父亲，被倒塌的三层楼当场砸死。这是宋诚第一次见到这么惨烈的现场，做了整整一个礼拜的噩梦。随后王国力也死在了医院，从被铲车铲倒，到被宣布死亡，他都没有醒来过。宋诚还特意去坟前看过他们父子俩，马小文当时就说，幸亏王国力至死都不知道自己的儿子已经死了，否则对他来说太残酷了。

宋诚重新拿起手机，语气低落："没错，就是这儿。"

"那家拆迁公司是国策地产下面的，外界都说这地块是国策地产内定的，但不知怎么的，那场意外后张雄就卖掉了自己的股份，带着妻子和女儿前往美国，而瓦胡同地块拆迁也停滞不前。"

"那现在，张雄的女儿也死在了这里。"宋诚感觉到了一丝冷意。

"车来了，先不说了，现在务必要把一切信息都了解透彻。"

"领导，还有一件事情。"

没等宋诚说完，马小文就说："我知道，你想调回刑侦大队，这件案子，我怎么琢磨怎么蹊跷，你来负责。"

俞笑整个人都干呕得厉害，昨天因为欧阳琪的突然求婚而慌乱了整个晚上，没吃又没睡，清晨又目击了一场凶杀案，警察让她确认当时看到的和现在躺在法医室里的是不是同一个人。她坐在陌生的警察局里，一直恶心想吐，脑子里都是那个胸口插刀躺在血泊里的女孩儿。那个女孩儿真可怜，本是最青春、最美好的年华，现在她却只能这么直挺挺地躺着。

宋诚进来时，俞笑把刚喝进去的白开水又吐掉了。

"俞小姐，谢谢你的报警电话。"宋诚坐下，递给俞笑一张纸巾。

"墙壁上有你们的电话号码。"

"说一下当时的情况吧。"

俞笑便把从发现流浪狗翻动垃圾桶的声音开始讲起，一直说到警方到来为止。

宋诚边听，边看刚才俞笑做的笔录，想从中发现些线索，可几乎一模一样。他觉得应该把注意力放在嫌疑犯身上，便说："今天就到这里了，有问题再联系你，再次感谢你，俞小姐。"

在俞笑准备出门的那一刻，宋诚突然想到些什么："俞小姐，你怎么这么早去那里？"

俞笑愣了一会儿，回过头说："晨跑。"

宋诚看了一眼俞笑的鞋子，那是双崭新的白色跑鞋，他在电视里看过鞋子的最新广告，又看了一眼头上的摄像头，笑着说："谢谢。"

俞笑走后不久，郑新破门而入，嚷道："嫌疑人的身份确定了。"

嫌疑人名叫王大宇，三十二岁，江城本市人，父母双亡，有犯罪前科，就读于正阳中学时因故意伤人而入狱。

宋诚问："做笔录了吗？"

"还没，等你和马队。"

宋诚点点头，这时门开了，一个女警察进来，兴奋地说："宋哥，这个王大宇是三年前浴室意外致死的王国力的亲侄子。"

从女警察和郑新脸上看得出，他们认为即将可以破案，但宋诚却一脸吃惊，他拨通马小文电话："马队，犯罪嫌疑人王大宇是瓦胡同浴室王国力的亲侄子，并且有前科，故意伤人，进过监狱。"

"我半小时后就到了。"

"我等你。"

高速公路上，一辆警车突然鸣笛，加速驶向江城，周围车辆纷纷避让。

"我可以走了吗？"王大宇说话并不流畅。

宋诚感受到了他的紧张，他望向马小文，虽然叫小文，但马队今年都四十五岁了，强壮，理着寸头，一脸严肃。

郑新和这个叫李珊珊的女警察在审讯室外透过玻璃盯着里面，郑新说："我们老师说过，虽然没有成型的理论，但存在犯罪者脸谱，我看这个王大宇就是凶手，你看他那个长相，明明才三十岁，看上去却像四十岁。"

李珊珊瞥了一眼郑新："我劝你趁早打消这种歪理邪说，我们办案都要靠证据说话，这些歪理邪说看似有根有据，对你成长没啥好处。"

郑新嘟囔着小嘴，小声说："师姐，你今天怎么不温柔了？"

李珊珊白了他一眼："别说些有的没的。"

审讯室里，宋诚对王大宇说："说说当时的情况。"

"我路过瓦胡同村，听到有人喊救命，就过去了，只见一个女孩子躺在地上，胸口有一把刀，还看到一个男人往北跑去了。女孩子快倒地了，她求我救她，我就蹲下身去扶她，然后拨打了'120'，后来，她的气息在一点点地消失。她恳求我，说她很冷、很害怕，求我一直陪着她，我就等到了你们到来。"

"有一个男的往北面跑过去？什么样子的？"宋诚第一次听到现场第四个人的存在。

"只看到背影，好像是白色的上衣。"

"你怎么没追上去？"

"我，我没想过这个问题。"

"你碰过死者胸口上的刀？"马小文死死地盯着王大宇。

"碰过，她说到刀头有些重，她这样很疼，问我能不能扶着刀头，减轻她的疼痛。"

"你就不怕上面留下指纹，成为犯罪嫌疑人？"宋诚抢在马小文之前问。

王大宇情绪开始激动："我怎么知道她会死，她那么年轻、那么漂亮，有大好的前途。我怎么会想到她会慢慢死去，一点点变冷！她说很冷、很怕，求我不要离开，我就一直扶着她，后来她让我抱着她。"说的时候，王大宇泪光闪现。

"为什么要戴着口罩?"宋诚接着问。

王大宇吃惊地看了一眼警察，许久后："只是习惯。"语气有明显的闪躲。

宋诚和马小文从审讯室里出来，马小文说："我判断不出是不是无辜。"

李珊珊凑过来："那怎么办?"

马小文说："一切让证据说话，我们只相信证据，猜测没有意义。"

"马队、宋哥，你们怎么不问问他和浴室老板王国力的事情。"郑新有些着急。

"这都是板上钉钉的事情。"马小文一边说，一边透过玻璃看了一眼里面的王大宇，只见他抱着头，异常痛苦的模样。

"真是奇怪的事情，凌晨五点，荒废三年的拆迁区，竟然同时出现死者张怡然、嫌疑人王大宇和目击者俞笑，对了，还有一个王大宇口中往北跑的男人，案件真是扑朔迷离。"马小文说。

"把这几个人的社会关系排查一遍，看看有没有联系点，对了，我再去找下俞笑，看另一个男人是不是真的存在。"宋诚补充道。

俞笑出了公安局，叫了一辆出租车，打开车门又放弃了，她走到公交站旁，只有站在嘈杂的公交车里，看着周围都是人，她才有安全感。

在车上她想了很多，但是很乱，脑子感觉就要炸裂了。在这最近的十二小时内都发生了什么破事，欧阳琪为她精心准备了求婚仪式，被她搞砸了；她暗恋朱鹤，发疯似的想要见到他，却遇到了一起凶杀案。

朱鹤！俞笑猛然想起他。他到底有没有去晨跑？那个模糊的人影是真的还是幻觉？

“小姐，你到底下不下车。”俞笑站在车尾，堵住了几个要下车的老人，俞笑急忙下车，一脚没站稳，倒在地上，这时电话响起。

“俞小姐，我是派出所的宋诚，除了嫌疑人和死者以外，你当时有看见其他人吗？”

俞笑顾不得脚上的疼痛，迟疑片刻：“我，我，没有。”

第四章　神秘的第四个人

为什么荒废的无人拆迁区，那天清晨会同时会出现四个人，死者、嫌疑人、目击者，还有一个有待证实的男人。

以马小文为组长，宋诚为副组长，郑新、李珊珊等人为组员的专案组很快成立，同时更多信息被专案组掌握。

死者张怡然，女，十八周岁，江城人，三年前赴美留学高中，品学兼优，父亲张雄和母亲任燕共同创办了江城房地产龙头企业国策地产，但夫妻二人三年前出售了国策地产全部股份，轰动一时，坊间传闻四起。他们随后带着张怡然赴美就读高中，计划明年完成移民手续。张怡然单独回国的原因需要等张雄、任燕抵达江城后才能得知，目前他们已乘坐美国联合航空的 UA086 航班，预计明日飞抵江城。

法医鉴定，张怡然死于刺入左胸口的水果刀，但并未一刀致命，而是死于失血过多，身上没有其他痕迹，死者及凶器上只有嫌疑人王大宇的指纹。

嫌疑犯王大宇，男，三十二岁，无业，江城人，父母双亡，由奶奶抚养长大，因患病小学推迟二年入学，高中时曾因故意伤害罪致人残疾入狱八年，出狱后没有稳定工作。

目击证人俞笑，女，三十岁，华强公司的销售部经理，无犯罪前科，自称是晨跑路经此区域。

第四个人：男，未知，王大宇称其穿白色上衣。

专题会由马小文主持，他说："我再补充几点：第一，三年前本次案发地瓦胡同浴室曾发生暴力抗拒拆迁事件，浴室老板王国力父子因意外死亡，王大宇是王国力的亲侄子，而当时拆迁公司正是死者张怡然的父亲的国策地产旗下的全资子公司。"

这条消息让几个新人警察目瞪口呆。

"第二，犯罪嫌疑人王大宇称当时有一个白色上衣的男人往北面跑去，但目击者俞笑并没有看到，而瓦胡同是拆迁多年的荒废区域，周边没有摄像头，除了距离案发地较远的几个钉子户，可以说是个无人区。"

郑新说："如果有，那这个白色上衣的男人就很有可能是凶手。"

李珊珊不甘示弱："你没听到目击者并没有看到吗？这可能是凶手的障眼法，故意误导我们的侦查。"

"如果王大宇是真凶，那为什么他没有逃跑呢？"郑新面对强势的李珊珊，说话声明显小了很多。

"对，他为什么不逃跑呢？"宋诚终于开口，"走访过仅存的三户钉子户，这个区域除了偶尔来收破烂的，其他时间根本不会有人，更别说凌晨5点，为什么荒废的无人拆迁区，那天清晨会同时出现四个人，死者、嫌疑人、目击者，还有一个有待证实的男人。"

“是呀，这么荒废的区域怎么同时出现了那么多人，真是匪夷所思。”

李珊珊白了一眼郑新：“复读机吗？”

二人一抬头就看到宋诚正死死盯着他们，低下头时还不忘互相埋怨地看了一眼。宋诚接着说：“你们两个就不关心王大宇为什么被关八年？案卷显示，王大宇高中时沉溺赌博机，输了不少钱，他怀疑是小卖部老板对赌博机做了手脚，于是伺机报复，但下手过重，把那个老板打得半死，现在被害人腿脚都不利索。”

第三天，欧阳琪终于拨通了俞笑的电话。

“我们，我们还能做朋友吗？”电话那头的声音让人心疼。

“对不起！我应该跟你道歉的。”俞笑曾有片刻的心软，她闭着眼睛说。

“感情没有对错，是我太着急了，还自以为是地搞了那么大的场面，叫了那么多朋友。”欧阳琪就是这样的人，无论什么环境下，他总是把自己的责任放在前面。

“我们就这样吧。”俞笑飞快地挂了电话，她生怕自己会心软。她不知道，向来内向腼腆的欧阳琪在公司的男厕所失声痛哭，吓到了周围的同事。

“赶快忘记这件事，不，是两件。”俞笑在公司洗手间边补妆边喃喃自语。她出厕所的时候正好碰到赵瑜晴。赵瑜晴早上在老板那里吃了闭门羹，心里不爽：“俞经理，你要加油呀，我可不想再挖空心思去找人来替代你。”

俞笑并未理会，很冷淡地看了她一眼，赵瑜晴更不爽，但嘴里却说：“要破罐子破摔了吗？”

那天开完月例会后，老板单独留下了俞笑，跟她说了拿下永盛集团的最后期限，显然老板并未真正信任俞笑，否则也不会如此苛刻，现在距离考核期限只剩下两天。这两件事却让俞笑身心俱疲，第一次她想放弃了，得到了永盛公司的订单又如何，这家工作氛围诡异、做事不规矩的公司，真的值得自己这么卖力吗？她哑然失笑，不就是不甘心，不就是想让大家知道就算她离开公司也是因为公司配不上她，而不是被炒鱿鱼嘛。

手机铃声打断了她的思绪。

“喂？”她确信自己的声音很温柔。

“俞小姐，我是派出所的宋诚，你现在能过来一趟吗？”

“现在？”俞笑抬头看了看墙壁上的钟，恰好是十一点，午饭时间。

“是的，非常重要，你要是不方便，我可以开车来接你。”

“这倒不用。”

俞笑径直走向宋诚的办公室，见他面前堆满了资料，边看资料边吃盒饭，盒饭的包装纸上还有某个外卖平台的电话号码。

“真不好意思，这个点让你过来，要不你先去隔壁坐一会儿，我马上来。”

郑新把俞笑带到隔壁，李珊珊捧来一碗面放在她面前。

“饭点把你叫过来，要不先吃点儿吧。”郑新指了指那碗面。

“不用了，我已经吃过了。”俞笑找了一个借口。

“不要客气，我们也去吃点儿。”李珊珊说。

俞笑拿起筷子，掀开那面盖，熟悉又恐惧的味道，她捂住嘴巴，迅速跑到窗边干呕起来，大口喘气，郑新和李珊珊面面相觑。

“怎么了？”李珊珊递给俞笑纸巾。

俞笑想说但却说不出话，她此时很想抓住什么东西，但却空空如也，只能蹲在角落，瑟瑟发抖。

郑新看了一眼桌上还冒着热气的面条："啊，是红烧牛肉面呀，还吃吗？"

李珊珊冲他喊："吃什么吃，还不拿走。"

郑新抱起那碗面，快步走了出去，喃喃自语："这味道没问题呀。"

李珊珊把屋子里的窗户都开了，俞笑依旧趴在窗边，呼吸慢慢平复下来。

许久后出现的宋诚并不知这里此前发生的事，他没有寒暄，开门见山："俞小姐，你认识王大宇吗？"

"王大宇？有些耳熟。"

"我们查到，你高中就读的是正阳中学高一七班，而那时候你有一个同学就叫王大宇。"宋诚的脸更加靠近俞笑。

"好像是有这么一个同学，但应该没什么交集，否则我不会忘记这个名字。"

李珊珊拿出一张照片，那是正阳中学高一七班开学的班级照，俞笑看到了当年的自己，有些陌生，李珊珊在男生最后一排，指着最右边的一个说："这个就是王大宇。"

照片太小，俞笑不得不拿起仔细看，这个男生确实叫王大宇，瘦瘦弱弱，但长得还算高，普通长相，是自己的高中同学，却从来没说过话。

"这跟案件有关吗？"俞笑有些不解，抬头看着宋诚。屋外马小文也看着宋诚，他刚刚接到在医院同学的电话，他父亲这次微创手术取出来的切片在北京化验后，情况不容乐观，书面检测报告会在三天后送到市医院。

"你再看看这个人。"李珊珊将王大宇的近照给俞笑，俞笑很快认出这是嫌疑人。

“他就是你的同学王大宇。”宋诚说。

“这个人怎么看也有四十岁了，我同学顶多也就三十岁左右。”俞笑不相信。

宋诚不想在这个问题上纠结：“谈谈你认识的王大宇吧。”

俞笑努力回忆十几年前的正阳中学，但怎么都搜不到这个叫王大宇的人，只能对着两个警察摇摇头，她突然想起一件事：“王大宇被警察抓走过。”

宋诚用点头鼓励她继续说下去：“我记得他只在学校待了一年，不知道是高一快结束时，还是高二刚开始，他就被抓起来了，我是后来才听说的，说他很喜欢赌博，输了很多钱，把人家打成重伤，当时还有同学纳闷怎么没去少管所，反而进了监狱，这才知道他小时候得过病，比我们晚两年才入学，所以进了监狱，后来就再也没听到过关于他的消息。”

说完，她又盯着照片仔细看：“他真的是我同学王大宇吗？”

宋诚点了点头。

三个人沉默片刻，俞笑站起身，准备告辞，宋诚开口说：“你那天有没有在朝北方向看到过什么，例如一个人影什么的。”

俞笑迟疑片刻，准备说的时候，宋诚抢先说：“这对我们非常重要，所以特地让你过来一趟，当面沟通，即便只是一个背影，也可以，哪怕是一个移动的小点。”

他停顿了片刻，继续：“这对案件非常重要。”

俞笑一直纠结着，要不要把那个一晃而过的可能存在的人影说出来。不能说，万一让无辜的朱鹤牵涉进来，那该如何是好，虽然他最终会被排除嫌疑，但终究会对他产生影响。

这算是谎言吗？我真的看到那个人影了吗？当时光线不好，我又处于极度恐惧和紧张中，有幻觉也很正常，而且王大宇本身就是有犯罪前科的人，自己亲眼看到他握着刀和死者纠缠在一起。

王大宇就是那个不可饶恕之人。

所以这不是谎言！

俞笑摇了摇头。

宋诚看着俞笑离开的背影，对马小文说："嫌疑犯是目击者的同学，这案件怎么这么多巧合。"

马小文若有所思地点了点："死者张怡然的家属什么时候到？"

"下午。"

警方的询问并没有影响俞笑的心情，她来到永盛集团，准备做最后的努力，等了一个多小时后却只看到朱鹤在众人吹捧下进入会议室，并没有留意到她，或许是看到了，但可能觉得没有必要打招呼吧。

准备茶水的女职员有些不耐烦，在俞笑身后说了句："今天朱总要和我们新度假酒店的建筑总包进行商务谈判，标的金额有可能破十亿元。"

是呀，我们的合同价有可能才三四百万元，人家可是近十亿元，朱鹤怎么会有时间来搭理我们这些小配套工程，一般来说，总包确定后，接下来就是密集的招标采购了，什么电梯、景观绿化、门窗之类的，都是上千万元的工程合同。她的水处理合同标的价确实有些小了，人家没有必要上心。

俞笑看到一个女人的脸上尽是害怕、犹豫，还夹杂些许的疲惫，这不就是自己吗，原来不知不觉中走到了盥洗室门口的玻璃前。"不喜欢这样的自己，振作点儿，俞笑。"她对自己说。

会议室传出玻璃砸碎的声音，随后是怒吼声，好像是朱鹤，附近的永盛员工纷纷停下手中的活，望向会议室，会议室门开了，那个女职员提着玻璃碎片出来，径直走到洗手间，关系好的同事围上来询问怎么了。

“朱总砸的？”一个高个女人指了指垃圾桶内的碎玻璃。女职员点了点头：“就是朱总。”听到这话，旁边几个人露出不可思议的表情。

“今天朱总不知道怎么了，一点儿征兆都没有，我坐他旁边都不知道发生了什么事，乙方也没说过离谱的话，他就摔了玻璃杯，还站起来拍了桌子，非常生气，我第一次见他这样子。”女职员说完拍了拍自己的胸口。

其他员工也说开了。

“这几天，我总感觉朱总有些怪怪的，昨天我在楼下跟他打招呼，他都没理我。”

“那就对了，前天中午吃饭，我坐在他旁边，他一个人，我吃完了他都没动，不知道在想什么。”

“他到底怎么了？”

那个女职员小声地说：“你们不知道吗，董事长想要让朱总做总裁，但是他们家里人都不让，说总裁必须由自己人来做。”

一个矮小的胖子不但睁大了眼睛，还把嘴巴张大：“哦，怪不得，太子（董事长儿子）前几天让他秘书去查朱总的油费、餐费报销记录，说还要去看他采购的东西有没有猫腻儿。”

女职员“嘘”的一声提醒胖子不要再说下去，几个人很有默契地离开。

俞笑走进卫生间，关上门。

他快当总裁了？原来他风光的背后有这么多的坎坷。这条消息瞬间让俞笑感到极度烦躁，有种想将自己撕裂的冲动，她慢慢走向朱鹤的办公室。门虚掩着，房间里一片漆黑。俞笑犹豫片刻后推门而入，她看到朱鹤竟然也在，背对着她，双手扶着办公桌，全然沉浸在自己的世界里，并没有发现她的到来。

时间静止，空间静止，偌大的办公室仿佛就只有她沉重的呼吸声和朱鹤低沉的喘气声。俞笑不能控制自己的脚步，一步步慢慢地靠近朱鹤，她很想让自己停止，却无法停下来。猛然间，她从背后紧紧抱住了朱鹤，用力，再用力。她用尽一切力量紧紧抱住他，贪婪地吮吸着他身上的味道，他没有反抗，一动不动。俞笑彻底迷失了自己，好像拥抱着他就拥有全世界，直到他的眼泪滴在她的手上。朱鹤突然转身，将她推倒在地……

原来是梦。俞笑居然在卫生间坐着打了一个盹儿，直到有人敲门，她才走出去。走到会议室门口，她透过透明玻璃看了一眼朱鹤，只见他眉头紧锁，若有所思。恰好，他也看了过来，二人四目相对，朱鹤在面无表情几秒后，突然对她笑了。

俞笑一步步走出永盛集团，她脑子里却在想怎么会在厕所睡着，怎么会做这样的梦。阳光照射下来，她又想到了宋诚，幸亏没有把朱鹤告诉警方，否则对他而言，会是场多大的风波，如果说了，肯定会被别有用心的人利用，此刻她觉得自己爱得伟大，但下一个台阶后，她又觉得自己爱得很卑微，不管怎么说，能和朱鹤在某种关系上有所关联，她已经觉得很幸福了，那是心中小小的秘密。

对你的暗恋，是一场自我救赎。

无论身处多么糟糕的环境，多颓败、多迷茫、多想逃离，

只要想起你，只要看到你，生命又会重新燃起希望，

这是我和命运的小小秘密，

与你的每一次交集都会被收藏起来慢慢回味，

即便，我将再次被推进残酷冰冷的现实中。

俞笑想起自己不久前写给自己的这段话，回头望了一眼永盛大厦，轻声细念：“再见，朱鹤。”

俞笑在电脑上输入“辞职信”三个字。

电话响起，一个陌生的座机，估计是推销房子或者推销金融理财的，她想按掉，万一是猎头呢，她在心里嘲笑着自己，人果然都喜欢从备胎中找安全感。

“俞经理，你好。”一个耳熟的声音，但想不起是谁。

“你好，请问你是？”

“朱鹤。”

“对不起，朱总。”俞笑有些意外。

“你说笑了。我看过你的企划书，确实不一样，今天有空到我们公司谈谈你们的方案吗？”

“好，时间你定，我来配合。”

“下午 4 点，我在办公室等你。”

宋诚在太平间门口等待，张雄夫妇进去前婉拒了他的陪伴，他在外面听到了任燕撕心裂肺的痛哭声和对女儿的喃喃细语。十几分钟后他们出来，张雄克制着情绪，任燕在低声啜泣。张雄说妻子在得知消息后，就没再吃过东西，让她先去休息，由他跟警方沟通。

宋诚、郑新陪着张雄走到审讯室。“凶手抓住了吗？”张雄边问边往口袋里找烟，突然记起自己已戒烟一年多，那也是女儿怡然对他的要求。他胸口一紧，想到最心爱的女儿再也不会在他耳边叮咛不要吸烟，这个世界上再也不会有人喊他爸爸，他已经永远失去做父亲的资格……心中所有的支撑瞬间坍塌，张雄再也忍不住，号啕大哭。宋诚给郑新使一个眼色，让他去拿纸巾，却看到郑新被张雄突如其来的大哭吓到，愣在那里。

宋诚拿来纸巾放在张雄面前，示意郑新一起退了出来，关上门。张雄一个人哭了整整十几分钟，像个委屈的孩子。听到他哭声消失，两个警察才进去，心中不禁感叹，即便商场上经历大风大浪，有着比普通人更多的人生经历，但在人的生死离别上却有着同样的悲痛和无奈。

“张怡然为什么一个人回国?”宋诚忍住之前想说节哀之类的客套话。

“怡然成年礼上我问她想要什么，她说三年没回国了，想回来看看，她想见一个网上一直陪伴着她的朋友。”

“你们没有陪她回来?”郑新接着问。

“没有，本来我们是要陪着她回来的，但怡然坚持一个人来，说成年了还要大人陪着，就失去了成年人的意义。”

“这个理由是不是挺扯？因为她不是一个健康的孩子。”张雄闭上眼睛，不知道是在问宋诚还是在问自己。他低下头苦笑了下：“怡然在三年前患上了抑郁症，那个病很折磨人，她很懂事，总是一个人默默承受痛苦，把所有的欢乐留给了我们，我和她妈什么都帮不上，我一个人开车时会莫名其妙地突然哭，哭得一塌糊涂，我多么希望得这个病的人是我。”

宋诚和郑新面面相觑，简直不敢相信。

“这就是你卖掉国策地产，远赴美国的原因?”郑新一开口就后悔了，宋诚正凶狠地盯着他，他赶忙低下头。

张雄并不介意："对，怡然患病后，我和她妈一直自责，是不是因为我们的忙碌忽视了对她的关心，我们工作的目的就是给她更好的未来，但当钱够了，事业成功了，我们还想要去实现自己的人生价值，所以继续努力工作，却不知道忽视了怡然。当她第一次发病时，我虽然害怕，但并不想放弃事业，直到第二次发病，她都不认识我们两个了，我们被吓到了，才下定决心离开这里，她从小就喜欢白雪公主，所以我们就去了美国。"

关于张雄在上升期卖掉国策地产，坊间有过众多版本，其中不乏阴谋论、桃色新闻等，但真相竟是如此。

"你知不知道她朋友是谁？"

"不知道，她只说这个朋友对她帮助非常大，他们已经匿名在网上交流了一年多，而且这一年多时间里，怡然的情绪真的稳定很多，我和妻子都觉得我们马上可以像正常家庭那样，等着她恋爱、结婚、生子，我们做外公外婆。"张雄第二次没忍住眼泪，"所以，当她说要回国看这个朋友时，我们同意了。"

"同意了？"宋诚复述。

"同意了，我们看到了怡然这三年来最开心的样子，那种发自内心，不再伪装的开心，没人可以想象我们这三年来怎么过的，我们愿意用一切代价去换取她的开心，所以我们同意她一个人回国。"

"你还记得瓦胡同浴室吗？"宋诚说话时并没有看向张雄。

但张雄却瞪大了眼睛。

"这次你一定要尝一下。"朱鹤递上咖啡，随后坐在沙发上，和俞笑的距离只有半米。

原来他留意到上次自己没有动过咖啡，梦境里的办公室和现在一模一样……各种想法接连出现在俞笑脑中。

“我要向你道歉!”朱鹤一脸诚挚。

“道歉?”

朱鹤递上纸巾，面带微笑，姿势优雅，与她的距离更近了。俞笑的心跳在加速，在朱鹤面前想要集中注意力，是件困难的事。

“我们交流下你的方案。”朱鹤已经拿出方案书。

糟糕，竟然忘拿方案书。关键时刻掉链子，她恨不得把自己从落地窗那儿扔下去。朱鹤自然地从抽屉里拿出一本复印的方案书，俞笑接过一看，里面有他手写的标注，这是一个让人无法抗拒的男人。

“你的方案给我很大启发，作为采购端，我以成本控制作为第一原则，并总喜欢在大品牌中选择低端产品，这无疑是给我自己设置了安全锁，因为一旦出现问题，那我就有借口‘你看我选择的都是市场上的名牌，出现问题那也是概率，如果选择其他杂牌，麻烦肯定更多’。但你的方案却打破了这些，首先在价格上表现了很大的合作诚意。其次你对我们酒店的了解可能比我们工程部某些中层领导还要透彻，你搭建的方案并没简单复制以前的案例，如果没有爬过我们天台的设备房是不可能写出来的。最后你的售后维修很有诚意，作为采购负责人，其实我并不抗拒低价，我怕的是低价带来的售后服务，一旦售后出现问题，那之前所有的努力都白费了，这样的前车之鉴实在太多。”

这套方案花了俞笑很大的心血，因为赵瑜晴的关系，她的属下对她的工作安排毫无反应，她只能一个人在暴雨中爬上酒店天台的设备梯，熬夜做各种成本测算……这些属下不知道，赵瑜晴不知道，老板也不知道，但朱鹤却都知道。

朱鹤盯着俞笑："这就是我要跟你道歉的原因，我犯了经验主义的错误，在没看过你方案的前提下，对你做了错误的评价。"

俞笑来之前想过各种可能遇到的情况，但眼前的状况是她怎么也不可能想到的，记得不久前看到这样一句话："喜欢一个人，始于颜值，陷于才华，忠于人品。"

她显然没有这类场面的应变经验，最后都不知道怎么回事儿，就答应了朱鹤共进晚餐的邀约，二人约在下午 6 点半在一家日料店碰面。

那份辞职信可以撕毁扔到垃圾桶里了吗？俞笑并不确定，只能确定自己很开心。

朱鹤站在那里微笑着看着俞笑离开，夕阳照射进办公室，朱鹤看着自己被拉长的影子，将窗帘都拉上了。

第五章　离奇的血案

下午4点事态突然恶化，超市店员被发现死在附近的厕所里，死相恐怖，甚至被挖出了双眼，这引发了云城及周边城市的恐慌。

张雄睁大眼睛，一时说不出话。

“你女儿张怡然的遇害地点就是瓦胡同浴室。”

张雄颓废地瘫坐在椅子上，面色苍白，没有任何光彩，在听到“瓦胡同”三个字时，他已老了十岁。

“我去看下妻子。”张雄不知所措后吐出这句话。

郑新看宋诚点了点头，便带着张雄出去，宋诚大出了口气，用右手拨了拨已经有些发油的头发，一声叹息，此时郑新进来：“他听到瓦胡同三个字，脸色都变了。”

宋诚猛喝了口水，真相对张雄过于残忍，但他只能这么告诉张雄，这就是残酷的人生。

“王大宇真的可能是凶手，否则真是太多巧合了。”郑新一副恍然大悟的模样。

“警校的课白上了吗，一切以证据为准。”

郑新刚想说些什么，门被推开，张雄回来了。

“是我害死了王国力和他的儿子。”张雄坐在椅子上。

“那是一场意外。”宋诚宽慰。

张雄摇摇头：“这场意外有我的原因。”

马小文回到局里三步并作两步来到房外听他们谈话，他有些力不从心，父亲的病情让他内心焦虑。

“国力是我发小，国策成立时他借过我一万元，国策发展得很顺利，第二年我就还他十万元，没多久他跟我说要开浴室问我借二十万元，我知道那钱是要不回来的，就只给了十五万元，后来才知道这浑小子连他哥的钱都骗，那钱是他哥给他侄子看病的，是救命钱。”

“你认识王国章的儿子？”宋诚有些吃惊，外面的马小文也把脑袋逼近透明玻璃。

“小时候见过几次，身体不好，怪可怜的。章哥比我们大几岁，小时候有人欺负我，他就护着我，所以听到他的钱被国力骗了，我就把钱给了章哥，说是国力还的。他其实都知道，只是太要强，国力跟他就不像一个爹妈生的，瓦胡同拆迁，他是我唯一去谈的。我想着，发小感情一场，如果我不去，他就丢面子。当时我已经想好，政策条件下我私下再给他一倍的赔偿，但万万没想到。”张雄停住，拿起面前的玻璃杯，喝了他今天的第一口水，“他要求赔偿中庭位置东首一到十层的房子，每层的面积按照他浴室面积的两倍算。”这句话让现场的人都吃惊，之前也听说过有些钉子户不顾公共利益坐地起价或者其他离谱要求，但没想到，竟有这么离谱的。三年前江城房价已经高起，那地段按每平方米两万五千元计算，假设浴室面积是二百平方米，那么每层的赔偿面积应该是四百平方米，每层价值一千万元，十层就是一亿元。

大家还在心算这些数字时，张雄继续说：“他甚至威胁，说如果不同意，那他会去举报我偷税漏税，其实我一点儿都不担心，因为我们国策很早就奔着上市，成为江城标杆企业去的，所以从一开始我就把财务做得特别正规，为的就是以后麻烦事会少点儿。我心痛的是，你的浴室，是用我的钱开的；你骗你哥的钱，是我给你补上的；我也准备了两倍赔偿金给你，但你还这样对我、威胁我。我当时特别难受，有种我把你当兄弟，你把我当傻子的感觉。我就故意不理他，等拿到可以拆迁的文件后，直接过去拆了。因为这小子从小就怂，等拆完后，私下给他补偿款，也算给他点儿教训，给我自己出口气，但我没想到他会死在那里，还有他儿子，那娃特乖，每次见我都‘叔叔、叔叔’地叫个不停。”张雄眼泪又流了下来，喃喃自语，好像是在跟王国力说，“我不该这么情绪化，我该多和你谈谈，你开那么离谱的价码，不就是给我还价的空间吗？是我害死了你们父子。”

郑新小声问宋诚：“这个我们还要追究吗？”

“当时已经追究过了，从法律角度讲，张雄没有过错，99%的瓦胡同村民都签了同意拆迁，从整体利益出发，依据法律，相关部门作出对浴室的拆迁决定，只是没想到王国力会出人意料地跑到起重机前，这是一个意外，相关人员也依法做了处理。”当时宋诚和马小文就在现场。

沉默片刻，宋诚看张雄情绪恢复：“你知不知道，王国章的儿子王大宇和他叔叔关系怎么样？”

“不清楚，但国力媳妇一直看不上国章家，国力跟着也淡了，这两家就靠章哥维持着一丁点儿的关系，章哥死后，应该不会来往了。”

“王国章是怎么死的?”

“病死的，大宇看病要花钱，我几次给他钱，他都拒绝了，后来我帮嫂子找了一份还算稳定的工作。国章死后嫂子身体也垮了，没几年也走了。”

张雄突然明白了什么：“你们一直在问国章哥和他儿子，他们和怡然的死有什么关系?”

“我们到达案发现场时，发现王大宇在你女儿尸体旁边，凶器上有他的指纹，是本案的嫌疑人。”宋诚说得很平静。

张雄闭上眼睛，把头深深埋下去。

“王大宇认识张怡然吗?”

张雄木然地摇了摇头。

“王大宇会不会替叔叔报仇?”

张雄抬起头，目光呆滞，许久又摇了摇头。

郑新帮忙叫了出租车，宋诚看着张雄、任燕夫妇离去，马小文走过来递给他一支烟，说：“各种巧合。”

宋诚点燃烟：“好像能想到关系的人都在里面了。”

马小文吐出一口烟：“之前线索全断了，照理说，王大宇能说出穿白色上衣这么明显的特征，那么俞笑也应该看到了。”

“俞笑?”

距离与朱鹤的晚餐约会还有一段不短的时间，俞笑本打算找家咖啡厅把手头工作做完，但坐下后又改变了主意，现在她根本没有办法集中注意力，什么都不想做，只想静静地坐着，等待约会时间快点儿到来。

不看书，不看视频，不联系任何人……不要做任何事，就这么坐着，俞笑提醒自己，这让她感到很愉快。邻桌是两个小姑娘，一台便携式视频播放器放在樱桃色的蛋糕旁边，没关音量，听声音就知道她们在看一部浪漫的爱情喜剧电影。小姑娘看得哈哈大笑，一个说："这个霸道总裁路线一点儿也不套路，狗血得一塌糊涂，好看得丧心病狂，男主是我见过的最可爱的。"

另一个说："就是。少女心又爆棚了，你没看到我嘴角又不自觉地上扬了吗？"

二人不停地相互打趣。

俞笑对这类电影向来不感冒，自认为和这些小姑娘有着不可言说的代沟，但此时她却很想看看这部电影，很想拿着一块樱桃色的蛋糕加入她们的行列。

时间刚过 5 点，俞笑准备从咖啡店出发，虽然这里距离约会地点只有二十分钟的车程。从来不怕堵车的她突然觉得万一堵车了呢，还是早点儿出发吧，她试图说服自己。

朱鹤打来电话，问她是不是还在永盛集团附近，她脱口而出还在楼下并且没有开车。其实，打电话那时她刚把车开出停车场，然后她又折回了停车场。熄火后，她反复检查发型和妆容，可却总觉得哪里有疏忽。她提醒自己，俞笑，只是一般的客户吃饭。随后她笑了，因为这是一个说谎者也不相信的谎言。

朱鹤来得很快，说先让俞笑陪他去一下运动品商店。这家店俞笑并不陌生，就是她上次来过的店铺，连营业员都是同一个人，这让她瞬间感到不舒服，因为她又想到了瓦胡同那个案件。

女营业员热情地招待朱鹤："朱先生，你要是再不来，我帮你预留的鞋子都要被其他老客户抢走了。"

"谢谢你，之前你给我推荐的鞋子都非常棒，膝盖没再疼了。"

女营业员笑得很开心。朱鹤进试衣间前让俞笑也挑选一套，女营业员对她的态度并不热情，俞笑觉得只要她没认出她是不久前来买鞋的顾客就很好了。

朱鹤试了两套衣服，一套长袖，另一套短袖，都非常完美，他身材健硕，但肌肉又不夸张。

“真的非常适合你。”女营业员的夸奖抢在了俞笑前面，但朱鹤还是问俞笑的意见。

“非常好。”俞笑附和。

女营业员蹲下身为朱鹤穿鞋：“这是最新的缓震跑鞋，被业界誉为缓震跑鞋的前沿技术，触地冲击越强，反馈能量越多，国内外众多明星都是这款跑鞋的忠实粉丝。”

朱鹤走了小圈：“太棒了，就像踩在……”他只说了半句，笑而不语。

“像什么？”俞笑有些好奇。

女营业员说：“屎吧。哈哈，很多粉丝把这双鞋戏称为踩屎鞋。”

在朱鹤的一再要求下，俞笑也试了一双。这双鞋和她上次买的一样，但她要装出第一次穿的模样，她听到朱鹤对女营业员说：“本来前几天就想跑步的，不巧工作出了点儿状况，所以今天才有时间来拿。我这几天可是心心念念想跑步，但不敢去跑，因为没有新鞋子的保护，膝盖旧伤会复发，就一直忍着，可把我憋坏了。”他难得说那么多话，把服务员乐得合不拢嘴。

俞笑系鞋带的动作迟缓下来，太好了，那天他没有去瓦胡同，她感到脚上的鞋子更加轻便了。俞笑随后感到了小小的失落，那也说明自己在警方面前一口咬定没有看到人影对朱鹤而言没有价值，她多想能为他做点儿事情，哪怕他永远都不会知道。

朱鹤埋了单，包括俞笑的那双。

二人乘扶梯从三楼到二楼时，一对母女从二楼乘扶梯迎面而来。

“谢老师。”大学生模样的女孩儿大声喊着，无疑是朝朱鹤喊的。

女孩儿一只手扯了扯她妈妈的手，另一只手指着朱鹤：“妈，你快看，是谢老师呀。”那兴奋劲儿好像期末考了满分。

母亲不为所动：“小寒，你认错人了，这不是谢老师。”

“怎么可能，这就是几年前来给我做家教的谢老师呀！”女孩儿一副着急的模样。

在两组人交汇的时候，面对眼前这对母女，朱鹤一脸冷漠，并不理会。

“谢老师！”女孩儿还想做最后的努力。

“小寒，你认错人了。”那位母亲边说边看向朱鹤，眼里有着俞笑看不懂的笑容。

料理店开在写字楼后巷，非常低调，没有排队的人，没有大幅的海报，只有迎风飘扬的店招，进去后，却是另一个天地，犹如置身日本街头餐厅，简单干净又很有味道，与俞笑在日剧里看到的布置一模一样。

一个四十多岁的男人上前和朱鹤击掌招呼，他就是佐藤，日本人，这家店的老板。他的中文虽不标准，但能听得懂，清爽、干净的气场与朱鹤很接近。

二人在佐藤带领下就座，餐厅已座无虚席，朱鹤解释说佐藤只接受预定，不接散客。

服务员很快上菜，跟俞笑以往去的日料店不一样，这里的日本氛围非常浓重，恍惚间会有远在日本的错觉。

“佐藤家在日本经营了一家三星米其林餐厅，他是家里的长子，佐藤家最厉害的地方就是他们从头到尾都不会用很贵的食材，但口味却很棒，去年我去了趟日本，品尝了他父亲的手艺，还真应了中国那句话，青出于蓝而胜于蓝。”朱鹤说完没多久，菜就上来了。

俞笑完全沉浸于美食中：“前菜用的蟹肉太好吃了，有种甜味在口腔里炸裂的感觉，我从来没吃过这么好吃的蟹肉。”

“不错呀，第一次就能有这么独特的看法，孺子可教，你看我们刚喝的汤里的海胆，有一股清甜味，这非常难处理的，因为海胆腥气很重，就连刺身都是到处可见的甜虾、金枪鱼和墨鱼，我觉得能把便宜又简单的食材做到这么好吃，真是要看厨师功底的。”

原来约会的感觉是这样的，全情投入，不会去想其他事情，无论吃什么、做什么都会很开心，那种时时刻刻要和对方在一起的诉求，俞笑看着朱鹤的脸时想到。

与佐藤告别后，二人一前一后出门，朱鹤在前，俞笑在后。朱鹤突然伸手拉住俞笑，俞笑随即脸红，但很快发现，朱鹤只是让她留意脚下的台阶，他脸上看不到任何的违和感，好像相恋多年的恋人一般自然。

“以后不要叫我朱总了，我叫朱鹤。”二人分开时，朱鹤说。

马小文的父亲在医院摔倒，他接到电话后急匆匆地赶往医院，倒车时车尾不小心撞到了台阶。宋诚让大家都回家休息，他一个人看着桌子上的卷宗发呆。

这真是一个奇特的案件，证据链充分，几个当事人之间互有瓜葛，如果把这个案件作为刑法考试答辩题，估计不用几行字就能把情况说得一清二楚，但这平静文字下面却波涛汹涌，一切似真，又一切似假。

“小宋。”宋诚抬头，看到张雄，有些意外。

“我要见下大宇。”

宋诚迎上去，拍了拍张雄的肩膀：“张先生，很抱歉，你不能见他。”

宋诚不知该如何安慰眼前这个男人，他的每一个眼神、每一个呼吸都透着深深的绝望。张雄没有再说话，转身准备离去。宋诚拿起李珊珊给他带的奶茶，这是杯常温的奶茶，五分糖，加了珍珠和燕麦，他以前也喝过，不知为什么，心情不舒服的时候，喝甜的东西总会感到舒服点儿。

他把奶茶塞到张雄手里：“张先生，日子还要继续，没吃饭喝点儿这个。”

张雄感到很意外，他本能地想拒绝，但双手却紧紧握住了这杯奶茶，暖的。他用力点点头，再次转身，消失在夜色中。

手机响起，马小文来电：“小宋，王大宇的案子你盯紧点儿，我协助云城的‘4·13 案件’马上就要结案了，犯罪嫌疑人徐达江羁押在我们看守所两天了。”

云城“4·13 案件”，是前段时间社会热门话题，犯罪嫌疑人徐达江在 4 月 13 日清晨盗窃了郊区的一家小超市，总共盗得现金四百一十三元，超市店员在早晨 7 点时发现被盗并报警。这本是一个寻常案件，但下午 4 点事态突然恶化，超市店员被发现死在附近的厕所里，死相恐怖，甚至被挖出了双眼，这引发了云城及周边城市的恐慌，当地紧急成立专案组。开始时，警方并不确定盗窃案和凶杀案是否为同一个人，但随着线索的增多，警方将两个案件并案审查，省公安厅让经验丰富的马小文赴云城指导破案，马小文画出了犯罪嫌疑人的心理画像，认为罪犯有强迫症，极有可能先偷盗超市，然后因超市店员当日在外的吹牛，案犯深信超市店员目睹了整个犯罪过程，为此他重返犯罪现场，杀死了认为是目击证人的超市店员。最后云城警方在这个思路下，一举逮捕了嫌疑人徐达江。马小文询问过他为什么要挖出超市店员的双眼，徐达江满不在乎地说，他听说人的眼睛临死前会像相机一样拍下最后一幕，因此他挖掉了超市店员的双眼，并踩碎。

这是一个冷血的人。

宋诚急忙打电话到看守所提醒他们不要把王大宇和徐达江关押在一起，毕竟王大宇有可能不是凶手，跟这么一个冷血恐怖的人待在一个房间，过于残忍。出人意料，看守所说他们两个被关在一个房间有两天了，而且那个徐达江也不像传言那么恐怖，就是一个话痨，逮到人就说个不停，而王大宇几乎一个字都不说，二人还挺和谐的。

第六章　绝望长夜后的黎明

俞笑相信，她的人生将迎来转变，她也会笑着流泪，就像那个女子网球运动员一样。

“我们相信，只要坚持，不管之前遇到了多少次失败，总会迎来阳光与雨露。”电视机里正在直播一场大满贯网球比赛，比赛刚刚结束，解说员哽咽着说了这句话，被刚下跑步机的俞笑听到，感觉电击一般，忘记擦拭额头的汗，盯着电视。

一个中国女子网球运动员在连续十四次冲击大满贯首轮失败后，终于在这第十五次获得成功，这本是一次不可能完成的任务，因为她对手是现今世界排名第二、本次赛事夺冠的热门。连续十四次大满贯首轮失利对她打击很大，她原计划在本场比赛后退役，父母也破天荒来到这个千里之外的国家，见证女儿职业生涯的落幕。或许是这种心境，或许是父母的加油，或许是这么多年来的委屈，她打得积极主动，关键分毫不手软，一次次给自己呐喊加油，每一声都好像对命运的质问，每一次发力进攻都是对命运的抵抗，终于一改之前想赢怕输的比赛气势，在奋斗八年，历经十四次大满贯首轮失利，尝尽旁人冷眼后，战胜二号种子，赢得了大满贯首胜，书写了自己的童话。

女球员痛哭流涕，不停向观众鞠躬致谢，她的教练孤零零地站在观众席中用力摇晃着五星红旗。五星红旗耀眼又闪亮，这个高大的汉子泪流满面，他最能懂得她每一次失败后所承受的压抑和无能为力的悲凉心境，还好，他和她都没有放弃。

观众给了她长时间的掌声。

俞笑不自觉地鼓掌，眼泪也流了出来，因为她感同身受。长期遇不到自己喜欢的人，感受不到爱和幸福，对生活感到麻木，对工作感到厌倦，不知道自己为什么而活。跳槽后，原本还算有一点儿支撑的事业也变得一团糟，得不到永盛集团的订单及对朱鹤的暗恋，让她对生活充满绝望。她突然意识到，不但青春已远去，连中年也可能会草草收场，这辈子就这样了，不想再努力，不想再听到任何人的鼓励，这个世界熙熙攘攘，但仿佛只有她一个人，孤独又无助，时刻感受着寂寞，她努力地挣扎，却没任何希望。

谁知，绝望长夜后竟真的有黎明。

爱上一个人真的会让人变得更好。俞笑开始在意自己的体型，会控制食量和积极健身，开始尝试原先不怎么感兴趣的项目，例如红酒和钢琴独奏会。她甚至好几次趁着休息时间来到刘欣的餐厅学做西餐，这让她知道光帝王蟹就有阿拉斯加、挪威、俄罗斯、日本北海道等好几个产地……

尽管这些花费了她不少的时间和精力，但她却有着无穷无尽的动力，原因就只有一个，那就是这一个月中，她和朱鹤的关系越来越融洽，二人已经从合约上的甲方、乙方变成朋友，确切地说是好朋友，甚至有恋爱的错觉。她手机里的歌单已由古典音乐变成了会起鸡皮疙瘩的情歌，例如《中意他》之类。但朱鹤不知道，她为赴他的约所做的各种努力；他不知道，那次二人相约晨跑是她照顾完发烧的妈妈从医院里匆忙赶来的；他不知道，她每次毫不经意间递给他的零食，都是沿着他当年的成长记忆的年代小吃，是她网上线下辛苦找来的；他不知道，他随意说的哪里好玩，都会让她做长长的攻略……

但这又有什么关系呢，一切都饮之如甘泉。

今天下午，俞笑拿着永盛集团的合同，原本盖章只是合同专员的工作，她故意把合同交给赵瑜晴。赵瑜晴随后脸色阴沉，努力克制着自己的情绪。俞笑走出办公室，就听见赵瑜晴的声音："有什么了不起，不过是个项目合同罢了。"

"还有一个战略合同。"合同专员弱弱的声音让俞笑大感解气。

俞笑重新站到跑步机上，选择了慢速，耳机中的音乐缓缓而来，眼前的城市渐渐进入黑暗。

手机显示朱鹤的信息：笑笑，今天我们电梯开标，技术标出问题，还在答疑，我晚点儿到，你先吃点儿东西填填肚子，但别吃太多，我发现一家好吃的。

朱鹤永远不会说那些客套的话，这是俞笑越来越喜欢他的原因，很多男孩儿在追求或者说尝试接近女孩儿过程中过于客套、过于拘谨、过于礼貌，这看似安全，实际会错失机会。人永远都喜欢那个喜欢自己的人，而客套、礼貌并不是对方喜欢你的表达方式。朱鹤对任何人都是彬彬有礼，不会逾越关系，但对俞笑却非常不同，至少俞笑自己是这么想的。俞笑相信，她的人生将迎来转变，她也会笑着流泪，就像那个女子网球运动员一样。不，不仅只是这些，她也要像那个网球女运动员一样接受别人的鼓掌和祝福。

“我说我要一个五彩斑斓的黑。”

“你再说一遍。”欧阳琪茫然地看着眼前的甲方。

甲方是一个矮小的胖子，穿着并不合身的西服，虽然西服做工考究，但和他并不搭，而且他口音奇特，真的很难想象，他就是媒体最近热捧的一家创业公司的副总。

“我跟你说，欧阳工程师，我们这个项目非常重要的，如果这个 APP 成功，那么我们第三轮估值就能上二十亿元了。”胖子不知已经强调了多少次。

“是美元。”他又补充了一下。

“这个设计很完美。”欧阳琪努力压制怒火，失恋第二天，他突然被提拔为这个项目的负责人，因此他不仅要做程序，还要衔接 UI 设计等工种，负责跟甲方对接。

胖子很不满意地瞥了一眼欧阳琪：“我们这轮的发起投资人埃拉尼女士是从意大利来的，那是一个浪漫的国度，她对美学设计有着无与伦比的理念，你这个黑真的太黑了，一点儿都没品位。”胖子边说边扭动的样子真让人尴尬。

欧阳琪看了一眼可怜的负责设计的女孩儿，她三天都没有回家了，这几天加起来的睡觉时间没超过十个小时，每次按照甲方要求辛苦修改好，然后这个胖子从酒店过来，手里还拿了各种吃的，边吃边指手画脚，一个莫名其妙的理由就把他们通宵赶工五个小时的东西全盘否定。

几分钟后，设计女生从打印机了拿了一张纸，递给胖子：“您要不选一个黑色，这些都是我觉得比较符合你五彩斑斓的黑的。”

胖子顺手拿过奶茶，吸了一口，把纸扔在桌子上：“OMG，这怎么看，不融入具体 APP 里怎么看得出来。”

设计女生楚楚可怜地望向欧阳琪。欧阳琪觉得胖子手上的奶茶很熟悉，不但熟悉，还相当刺眼。他从胖子手里夺过奶茶，狠狠摔在地上，溅了一地，吓傻了众人。

胖子一时愣住，欧阳琪双眼血红，怒不可遏：“你知道我们设计师，已经三天没回家了，我们团队，哪一个不是这么熬着，要是真的能让产品更加完美，我们会拼命干，熬夜三十天也没关系，所以请你说点儿有用的意见，不要再说那些废话了。”

说完，欧阳琪把自己反锁在小会议室里，那个胖子捡起那张纸，迅速指了其中一个黑色，嘴里嘟囔了几句就跑了。

几个同事怎么叫欧阳琪都不开门。欧阳琪不明白自己怎么了，他怎么做出这样的事情，但更多的却是无尽的委屈。和俞笑分手后，他一直没有时间来打理自己，为自己疗伤，原以为忙碌的工作会让自己走出悲伤，但不想一杯奶茶会让自己彻底瓦解。他不明白自己从小到大一直都按着大人的要求成长，好好学习绝不早恋，选择一个没有兴趣但却有工作前景的专业，放弃爸妈口中浪费时间的爱好，暑假想去山区支教也被爸妈以不安全为由拒绝，工作中任劳任怨，说话做事永远从稳定角度出发，对领导尊敬，对同事有礼貌……可惜按照他们的要求自己做到了这一切，却没有得到他们口中所说的幸福生活。

为什么？为什么？自己那么小心翼翼，那么谨慎，那么把别人放在心里，却被这样践踏，他狠狠地踢了一下椅子。

门外同事的询问声，欧阳琪不是没听见，但他已经不去想客户的反应、同事的诧异，或许以后还会有各种流言。但此刻，他不想去管、不想去理，就完全顺着自己的意思去做吧。难得让自己任性一次，只是眼泪怎么也忍不住，他号啕大哭。怎么变成自己最讨厌的模样了，却又无能为力。

同事们放弃了继续敲打房门，一个关系很好的同事怕欧阳琪出事，拿起他桌上的手机，按下了亲情号的第一个号码，661。

朱鹤电梯招标答疑会比预想中结束得早，迟到的反而是俞笑。她的车被阻挡在红灯处，从车窗探望出去，天色已暗，城市呈现出不一样的美景。她看到朱鹤一个人站在不远处的树荫下，那是他们相约见面的地方，看着他认真地站在那里，啥都没干，低着头踢路边的小石子。她心里充满欢喜，踩下油门的那一刻想到，可能这世界也就只有自己能看到这样的朱鹤，想到这点让俞笑感到很快乐，不，是幸福。这是一种无与伦比的归属感，一种他只属于你的确认，一种充满了庄严的仪式感。

或许！

可能！

应该！

俞笑的车子慢慢驶入漆黑的地下室，她屏住呼吸，不敢再想下去。她一步步从地下室楼梯走向地面，在推开玻璃门，灯光照在她脸上的时刻，她站住了，刚才无比混乱的脑子里只有一个清醒的念头：我要和朱鹤在一起。

那个人就在几米远处，背对着俞笑，她走过去，朱鹤转头示意她轻声。她看到一条狗正努力地想爬上垃圾桶，试了几次都掉了下来，俞笑刚开始觉得好笑，直到这次狗掉在地上，没有像刚才那样立马站起来。它趴在了地上，眼睛望向身后的二人，没有害怕，只是望着他们。两个人和一条狗都静止一般，俞笑想从它的眼睛里看到什么，绝望？无奈？悲哀？痛苦……

朱鹤不知道什么时候走的，回来时手里拿了火腿肠。他递给俞笑一根，蹲下身剥开火腿肠，一小段一小段地给流浪狗吃，俞笑也照着做。

二人安静地看着狗心满意足地吃。

朱鹤站起身，视线一直没有离开狗。“抱歉，我只能照顾你这个晚上。”在转身离开的时候，仿佛是自言自语，“人何尝不是这样，像它一样努力跳跃，想要跳出或者跳进某个地方，但不管怎么努力，都没有办法，像这条狗那样，极度无力感的眼神。”

两个人融洽地吃完饭，朱鹤埋完单。俞笑的电话响起，是欧阳琪的亲情号，要不是这个号码，俞笑都快忘记这个人了，自然也忘记解除亲情号的绑定，犹豫片刻后，她接起电话。

“欧阳，怎么了？”

“是欧阳的家人吗？”一个陌生的声音。

“是。”俞笑心里咯噔一下。

“我是欧阳的同事，他把自己锁在会议室，怎么都不开门，在里面哭，还打开了窗户。”

“啊？”

“你可以过来看下他吗？我们都很担心。”

“我马上来。”俞笑没想太多就答应了，立马拎起包，跟朱鹤说，“我前，我朋友好像出了点儿事，我要马上过去。”

俞笑准备自己开车去，但开门的瞬间，车钥匙掉在了地上。她从地上捡起，车门却被一只男人的手按住：“我送你过去，你这样，我不放心。”

俞笑试图回拨过去电话，却没人接听，心里更加着急，她印象中的欧阳琪是一个永远不用别人操心的人，何况这次还是他同事通知她的。

“欧阳琪是个好人，真的，有时候觉得自己应该知足，他人品好，工作稳定，对我也很好，所有人都觉得我们结婚肯定会幸福的，但我真的没有恋爱的感觉。结过婚的人都告诉我，结婚就是凑合在一起，即便有爱情也会被时间拖成了凑合，爱情终究会转变成亲情。我一直犹豫，我差不多已经说服自己接受他了，可当他真的求婚时，我本能地拒绝了。”

朱鹤的手握住了俞笑的手，并给她一个微笑，随后又专心开车。

会议室外的同事见到俞笑来了就知趣地散了，设计女生已经把大概情况告诉了俞笑。

欧阳琪并不知道俞笑就在门外，哭过之后他觉得很舒服。他走到窗前，外面灯火通明，车灯闪烁。其实又没什么重大的事，自己怎么了，眼前一幢幢的大厦里，下面行驶的汽车中，肯定也有和自己一样大龄又单身的男女，也有一样被甲方逼到崩溃的程序员、设计师、工程师……但地球照样迎来黑夜，也将迎接黎明。我并不是特例，他们能熬过去，我也一定可以的。

俞笑敲门，里面没有反应：“欧阳琪，我是俞笑。”

欧阳琪愣住了，她怎么来了，他急忙擦干眼泪。

“我可以进来吗?”俞笑继续尝试沟通。

欧阳琪觉得有些丢人，犹豫了下还是开了门。俞笑在进去时，看到朱鹤站在门禁外，她示意他就等在外面，可以随时喊他，这让俞笑觉得安心。

“你，你怎么来了?”欧阳琪低着头。

“我来看看你。”

“哦，我没事，只是压力有些大。”欧阳琪有些不好意思。

“没事就好，对不起，我不知道我该做些什么可以让你好受点儿。”俞笑的眼神在闪躲。

“我还没抱过你，可以吗？”

俞笑张开双臂，反而欧阳琪踌躇了一下，俞笑主动抱了上去。

欧阳琪看着俞笑走出公司，设计女生对欧阳琪说：“这个胖子真是贱，你发火后，就吓得立马选了一个黑，我把成稿发给他了。”

欧阳琪很感激地看了看女生：“现在大家把工作放下，我请客，去吃夜宵。”

电梯里，欧阳琪犹豫了下说：“我刚才是不是很丢人！”

“不错呀，领导，会自嘲了。”

“不会，哪个人会没情绪，何况你完全是为了我们团队，我们感激还来不及。唉，否则我们现在还在苦逼地想这个世界到底有没有五彩斑斓的黑呢。”

“你们真的这么想？”欧阳琪终于露出了浅笑。

站在后面的男生说：“我觉得你可棒了，不像我，别人都说我安静，其实只是我不敢表达意见，甚至连自己的情绪都不敢表达，害怕被人议论。”

大家都说开了。

“只要没做对不起社会，对不住别人的事情，怎么着都没问题呀。”

“我们是一个团队呀，这次算是领导的一招棋吧，成功地解决了那个讨厌的胖子。”

“王总去年跟客户喝酒，喝醉了，还抱着椅子哭呢，那叫一个惊天动地。”

“真的还是假的？王总可是我男神呀。”设计女生一脸诧异。

“那是，王总可是边哭边把合同拿下的。”

“哈，那还是我的男神。”设计女生满脸幸福感。

俞笑进了车，朱鹤递给她一杯牛奶，热的。

“你确实很不一样，大多数人都不会来的，万一前男友出事了咋办，说也说不清。”朱鹤启动了车子。

车停在一个十字路口的红灯前：“俞笑。”

俞笑转头，朱鹤猝不及防地亲了上来。

俞笑感到晕眩，脑子一片空白，什么感觉都没有，只有他的味道，淡淡的，让人喜欢。

车内二人没有说话，车外一片漆黑，许久后，车停了，俞笑发现已身在东湖，这里风景优美，但还没开发，到了晚上几乎没有人，偶尔有车从他们身后疾驰而过，划过一抹亮光。朱鹤从后备箱里拿出两瓶饮料，饮料划出一道美丽的抛物线，俞笑接住后看到朱鹤一个“干得漂亮”的手势。朱鹤打开瓶盖一饮而尽，从喉结的抖动可以想象此刻他酣畅淋漓的满足感，充满男性荷尔蒙，多么完美的一幕。

朱鹤抱住俞笑，嘴唇贴着嘴唇，眼睛对着眼睛，不再像第一次蜻蜓点水，充满温情，而是充满男性的欲望，那种想占为己有的力度。这个吻不知持续了多久……朱鹤坐在湖边的草地上，俞笑在他的怀里，看着月光在湖里的倒影。

“我一直喜欢你，从我见到你的第一眼开始。”俞笑的声音。

“我知道。”朱鹤的声音如同这湖水波澜不惊，“做我女朋友吧。”

俞笑紧紧抱住朱鹤，生怕这一切都是假的，只有最用力地拥抱，才能表达她的满心喜悦，就像那次梦里一样，用力抱住。她很想告诉他，人生最美妙的事情不是金榜题名，不是洞房花烛，而是深深暗恋的人也同样喜欢你。

“我害怕一切都是假的，明天早上醒来时我又会被打回原形。”

朱鹤抚摸着俞笑的头发：“怎么会呢，你在想些什么。”

“我高二时暗恋过一个男生。他太完美了，长得帅，成绩好，又会打篮球，我们不是一个班的。那时我只喜欢晴天，因为在全校早操时能看到他，跟在他后面，从操场走到班级。每次听到别人说起他，我就感到很兴奋，好像他和我有着某种联系一样。就这样，他陪我度过了两年，可惜他一直都不认识我。快毕业时，他竟然认识了我的同桌，就是刘欣，当时我还挺嫉妒刘欣的。我以为就这样了，谁知在大学里我又看到了他，我别提有多高兴了。因为来自同一个高中，我们认识了。虽然接触不多，但他只要跟我说一句话，我就特别开心。我犹豫着要不要表白，还半夜两点半打电话给电台情感热线，主持人鼓励我表白。后面的剧情很俗套，在我表白前，他有了女朋友。但大四的一个晚上，我突然接到了他的电话，说喜欢我。”

俞笑仿佛又回到了那个晚上：“他说喜欢我很久了。当时我没反应过来，整个人都傻了，因为我觉得如果非要有人说这么一句话，那也应该是我来说。那天晚上，我高兴地在床上滚来滚去，一夜未眠，第一次觉得睡不着觉也是挺美的事。可是第二天他跑来跟我道歉，说昨晚宿舍打赌输了，只能接受惩罚，要给手机通信录上的某一个女生打电话，说喜欢她，他的室友选择了我。”

过了许久，俞笑说：“我至今都感谢他的室友。”

第七章　美梦成真

俞笑喜极而泣，踮起脚尖，双手紧紧围住朱鹤的脖子说：“我愿意。”突然，她看到智能手表上显示的新信息：王大宇刚刚被执行死刑。

中午时分，俞笑正在办公室里犹豫着是出去吃饭还是点外卖时，意外地看到了宋诚。瓦胡同案件才过去两个多月，但她却感觉已经很久，久得已经和她的生活没有任何关联。

今天天气并不好，阴沉，断断续续下着雨。宋诚面色不好，胡子好几天没刮。销售部的胖女孩儿一脸笑容地主动为他倒了茶水。自从俞笑拿下永盛集团的订单，她在单位终于站稳了脚，她的属下开始听从她的安排。

“下个月我就回刑侦大队了。”

“哦。”

宋诚抬头看了一眼俞笑，他不知为什么会说这个事，俞笑的一个“哦”已经说明她对这个开场觉得突兀。突兀就突兀吧，瓦胡同案件马上要结案了，但他的心里依旧堵得慌。早上他去看望了马小文住院的父亲，老爷子马上要走了。他记得刚到队里时，老爷子经常来给奋战多日没有回家的他们送吃的和喝的。马队是那个年代难得的独生子女，老妈走得早，老爷子对他十分疼爱，经常来队里给他们改善伙食。马队那时工作压力大，脾气不好，宋诚又是个刺头，经常和马小文对着干，好几次都是老爷子从中协调。老爷子每次都说："小宋，你以后结婚了，一定要叫上我。"然后宋诚总会一脸鄙夷，老爷子不得不大声笑着补充道，"你这个小子，放心，礼金我会和我家浑小子分开给的，一定不少于这个数。"老爷子竖起两根手指，随后宋诚不屑一顾："二百元还想喝我的喜酒，想得美。"而此时，老爷子已经没有声音、没有笑容、没有表情，只是静静地躺在病床上，睁开一眼都非常困难。他自己拔掉了流质食管，已经连续七天七夜没有吃过任何东西，没有喝过一滴水，他在这个世界的存在就只能靠身边的仪器上的数字来表示。

出了病房，马队哭了起来。宋诚从自己口袋里找出一张已经揉得稀巴烂的纸巾递给他，不料马队哭得更凶了。这个病区的人都已习惯这样的场面，没人看他们一眼，只是静静地走过。

"我是一点儿办法都没有，看着他那么痛苦，一丁点儿的办法都没有，老子那么痛苦，儿子却无能为力。"宋诚只能轻轻地拍打马队的后背。

"诚子，我们两个再也吃不到老爷子的红烧肉了，这辈子再也吃不到了。"宋诚也没忍住，转过身，泪流满面。

宋诚走之前，马小文从口袋里掏出一个红包，说老爷子昏迷前让他交给宋诚的，说他等不到小宋的婚礼了，他打开一看，里面是两千元。

老爷子的红烧肉，这辈子再也吃不到了。出了医院，他一个人拿着红包在这个依旧忙个不停的城市毫无目的地走着，不知不觉来到了俞笑的公司。

“王大宇认罪了，马上要结案了。”

“哦。”

“可是我一直觉得这个案子有些怪，俞小姐，你再想想那天有没有看到其他人。”

俞笑早料到宋诚会这么问：“没有，我确定没有。”

“那好，再见了，哦，希望我们以后都不要再见。”宋诚试图缓和气氛，但俞笑除了礼貌的告别并没有其他表情。

俞笑透过窗看到宋诚走出公司，步行消失在马路上。她必须保护好朱鹤，这不是包庇，无论运动品店营业员的诉说，还是朱鹤本人的品质，他怎么可能会和这个案件有关系。那天光线暗淡，她处于极度紧张中，那个一闪而过的人影极有可能是幻觉，相反王大宇，有犯罪前科，物证、人证的证据链非常充分，现在更有他自己的认罪，一切事实证明，王大宇就是那个不可饶恕之人。

俞笑关了窗。

郑新喊了好几声宋诚，但宋诚却一直望着案卷发呆。宋诚突然抬起头：“我总觉得，算了，不说了。”

郑新知道宋诚的苦闷：“宋哥，你别瞎想了。你告诉过我，一切都要看证据，我们之前一直都在调查神秘的第四个人，都不知道取证了多少次了，可确实没有，随后王大宇本人也认罪了，他承认自己之前说了谎，想误导我们。”

“对！”李珊珊也过来了，一只手很自然地搭在郑新肩膀上。郑新窝心一笑：“这个案件无论从人证、物证、嫌疑犯口供来说，都是完整的证据链，一切都指向了王大宇。”

“可这是一条生命呀。”宋诚的声音有些无奈。

“可死者也是一条生命，我们必须为无辜的死者找到真相。”李珊珊说完，郑新忙点了点头，郑新觉得自己必须尽快成长起来，因为一个月后他和李珊珊会跟着宋诚调派到刑侦大队。

几天后，江城日报上有了瓦胡同案件半个版面的新闻报道，俞笑只看了标题“瓦胡同谋杀案罪犯王某被判死刑”。这条新闻下面是一个新地块的拍卖新闻：三十六家房企竞逐原瓦胡同南12－1号地块，国策地产四十亿突围成为新地王。

几个月后，天气已经转冷，江城一改往年的秋高气爽，下雨天多了起来，很多人把聚餐时间从晚上改到了中午。

朱鹤有一个采购圈子的朋友圈，门槛极高，都是知名公司，他们定期聚餐，认识新朋友，谈谈业务，当然偶尔也谈谈产业发展方向和前沿技术。

今天是俞笑第三次参加他们的聚会，前两次认识了几个有水处理需求的公司的采购负责人，竟然也谈成一单，合同标的不比永盛集团来得少。

朱鹤昨天告诉她，今天他有事来不了，本来她也不想去的，但朱鹤说，今天有一个潜在大客户，机不可失，俞笑必须去。

出了门才发现雨真的很大，真是人算不如天算，但没办法，为了拿下业务，俞笑特地在后备箱放了备用的套装，以备不时之需。

聚会地点依旧在一家五星级酒店的包厢。等俞笑到位时，其他人早到了，鉴于俞笑是全场唯一的女性，大家对她相当宽容。

这种场合总会有人像主持人一般控制着全场的节奏，例如坐她左边的老王，年纪估计四十岁，谢顶，啤酒肚都要撑破他的西服了。不过这一点不妨碍他荤素笑话信手拈来，何况他风流但不下流，尺度掌控得异常精准，俞笑对他并不反感，反而觉得有趣。

俞笑右边的位子还一直空着，她问是不是还有人来，老王神秘地笑了。

包厢门打开，一个穿着英伦范的服务生推着小车进入，礼帽太深，并不能看清服务生的脸，问老王是否可以上菜了。老王指了指俞笑，服务生请俞笑揭开小推车的盖子。俞笑发现里面竟然是一枚钻戒，硕大硕大的，在灯光下闪烁着光芒。她捂着嘴望向服务生，只见他脱了礼帽，单膝跪地，是朱鹤。

“俞笑小姐，你愿意嫁给我吗？”

俞笑喜极而泣，踮起脚尖，用双手紧紧围住朱鹤的脖子说：“我愿意。”突然，她看到智能手表上显示的新信息：王大宇刚刚被执行死刑。

她全身一颤，此时满座的男士拿起香槟，喷射而出，恰好掩饰了她的震惊。

第八章　总裁的妻子

从当初对他的痴迷暗恋，到后来的反而被表白，到现在的完美丈夫，她有什么可以抱怨的，又有什么可以不知足的呢？

四年后。

“俞女士，这幢楼是小区最好的，因此单价最高。”售楼先生戴着透亮的无框眼镜，西服一尘不染，语气平和，让人很有信任感。俞笑和闺密刘欣正站在样板房的阳台眺望不远处的湿地公园，恰好清风吹来，体会到了久违的心旷神怡。

“这景致真的太棒了，看得我都想买一套。”刘欣一年前搬进了新家，两家凑齐了首付，买了一套位于工业园区的安置房，八十九平方米，十三楼，有一个阳台，可惜眺望出去满眼都是工业园区，很煞心情，有时还能闻到很浓的异味，因此不得不常年关闭门窗。虽然这不好，那不好，但也有优点，房价每平方米只要一万三千元，物业费八百元每年，这对工薪阶层的他们来说是最重要的。

“湿地公园版块是未来的豪宅区，都是大开发商，我们的万里江山项目是豪宅中的豪宅，现在这套样板房，建筑面积一百四十九平方米，四室两厅两卫，实用面积超过一百六十平方米，面宽十六平方米，四房朝南，阳台不间断长度十四米，项目属于精装修，装修标准为每平方米七千元，都是国际一线品牌，包含了地暖及日常电器。”

“那价格呢？”刘欣抢着问。

“这个户型属于花园洋房，总共六层，一房一价，我们现在在二楼，这套价格是七百五十万元，物业费每月每平方米五块五。”

刘欣吐了吐舌头，天哪，竟然这么贵，光物业费每年就要一万元，还不包括停车费用，她有些不甘心地问：“顶层和一楼会不会便宜点？”

“恰恰相反，我们洋房的顶楼和底楼是最贵的。”售楼先生指了指楼下，“一楼因为有一个入户花园和地下室，所以单价高；而顶楼因为层高有四米，空间辽阔，所以单价也高。”

跟随售楼先生的步伐，她们走到了儿童房。儿童房非常宽阔，一张双层的儿童床特别漂亮，屋内陈设非常温馨，仿佛就是朋友家的儿童房：“您现在准备生二胎吗？”

售楼先生的问题让俞笑有些堵心，刘欣忙打岔：“你们交付时有床吗？”

“我们包含全部的硬装，但不包括软装。”售楼先生见刘欣还有疑问，“您可以这么理解，拿不走的就是硬装，例如地板、橱柜等，带得走就是软装，例如家电和家具。”

结婚快四年了，却依旧没有孩子，俞笑已经三十四岁，朱鹤也已经三十六岁，二人明白，随着时间的递进，怀上孩子的概率会越来越小。其实对他们二人来说，有没有孩子并不是很介意，但是两边大人异常焦虑，经常抱怨他们两个人结婚太晚，否则现在孩子都该上学了，例如刘欣家的军军。

俞笑心里产生了疙瘩，看房的兴趣大减，跟售楼先生客套几句后告别。在售楼处门口她们却被一个大学生模样的女生拦住，邀请二人做一个调查问卷，原本二人并不想做，但这个女生非常紧张，说话结结巴巴，显然是刚来实习的，便答应了，就当是对她的鼓励。

在填写了诸如家庭住房情况、人口、收入等常规问题后，最后是一个竞品调查："目前江城主力的豪宅区域是我们这里和瓦胡同地块。请问二位女士有没有考虑过国策地产的瓦胡同地块的项目，例如金域华府，是否去看过他们的样板房？"

听到瓦胡同三个字，俞笑只想尽快离开这里，今天怎么了，开开心心来看个房子，却遇到了这样的堵心事。

"没有。"

"那是为什么呢？"实习女生没有察觉俞笑脸色的变化，继续问。

俞笑头也不回地走了，刘欣感觉诧异，快步跟上去。

"昨天看的房子还喜欢吗？"朱鹤打了右拐方向灯，驶入万达广场的地下车库。

"还好。"

"那买下来吧，我认识他们老总，让他再优惠点儿。"

"别人还建议我们去瓦胡同地块看看，听说未来市政府要搬到那里。"俞笑还没说完，朱鹤突然一个急刹车，但还是撞到了地下车库的柱子，幸好问题不大。

“怎么了？”

朱鹤没有说话，只是摇了摇头。

电梯很快到达一楼，二人像往常一样，出了电梯就自然而然地拉手。俞笑远远看到一家奶茶铺写着“最后一天”，现在是周六的下午 5 点 42 分，却没人排队。俞笑点了杯波霸拿铁，五分甜、常温，加了点儿燕麦，这是俞笑四年来一直没有变的习惯。

“你们要关门了？”俞笑趁店员做奶茶的空隙询问收银员。

“对，真是难以想象，四年前我们奶茶可是其他奶茶的公敌，有我们的地方其他奶茶就没有活路，每天排队十几米，才四年的时光，我们就落寞了。”收银员盯着不远处的一家奶茶店门口排了很长的队伍，眼神中透着不解。

俞笑接过奶茶，跟着朱鹤来到顶楼的酒店，门口摆放着新人的照片，刚踏入，便被新人簇拥。

“朱总，您和夫人能来真是太好了，这是今天最高兴的事情了。”新郎满脸红光。

“小虞，祝你们新婚快乐呀。”朱鹤笑着祝福，俞笑忙从上个月朱鹤去意大利出差回来给她买的最新款的手提包里拿出一个厚厚的红包塞给新人，新人拉上二人让摄影师合照。

俞笑做出了最美的笑容。

四年的时间，发生了很多事情。朱鹤已成为永盛集团的总裁，董事长完全放权给他，这对一个偏家族式的公司来说，非常不可思议；俞笑在帮助公司拿下几个大单后，在惊异声中辞职，成为全职太太。走的那天，原本就对她不服气的赵瑜晴嘲笑她是靠关系才拿到了订单，俞笑直接当着所有人的面怼了回去：“就是靠关系，你怎么没有，等你也靠着关系一年拿下三千万的合同再来跟我说这话吧。”

四年里也有不少的遗憾，例如孩子，她已经下定决心，如果今年还怀不上，那就尝试试管婴儿，朱鹤很赞同。但最让她烦恼的还不是孩子，而是朱鹤对自己的态度。

朱鹤绝对是众人眼中的完美丈夫，如果要她打分，她也会给他高分，但她总觉得缺少什么。刘欣安慰她说，贫贱夫妻百事哀，不要自寻烦恼。直到有一天，她看到一个影评才豁然大悟：本片制作精良，虽然是教科书式的呈现，但并不惊艳，是工业流水上的作品，由一个个套路堆砌而成。

四年来，朱鹤都是温柔的，两个人的争吵屈指可数，即便有时能看出他有不同的意见或者不开心，那也是片刻的反应，随后就能看到他如常的神情。朱鹤很体贴，出门牵手，会喝同一杯饮料，会根据俞笑的喜好选择餐厅或者饮食；天冷会提醒穿衣，感冒会买药片；去哪里出差，不管日程多么紧张，都会给俞笑带礼物，连岳父、岳母都不落下；俞笑亲戚那边谁有需要找工作或者其他小事，朱鹤总会动用自己的关系帮忙，从不埋怨……

这些都是外人眼里完美丈夫的表现。俞笑扪心自问，难道不是吗？从当初对他的痴迷暗恋，到后来的反而被表白，到现在的完美丈夫，她有什么可以抱怨的，又有什么可以不知足的呢？

“现在就请我们新郎将代表爱情的结婚戒指戴在新娘的手上，并亲吻我们美丽的新娘。”司仪的声音将俞笑拉回现实，她看到全场都紧紧盯着婚礼台上的新人。

是的，现在幸福的新人是很甜蜜的，但日后他们也会有各自的烦恼，所以像我们这样也是正常的吧。她又望了一眼西装笔挺、笑容满面的司仪，他很敬业，所有流程一环不差，全程是笑脸和高亢的语调，让婚礼仪式充满欢声笑语，只是不知这是他本周的第几场婚礼了，他会不自觉地露出疲惫，他的笑容也非真心，只是职业需要，只是气氛需要。

俞笑又看了身边的朱鹤，作为永盛集团的总裁，在公司掌握核心技术骨干的婚礼上他需要保持专注和全程参与，这样才能体现公司对员工的爱，才能让员工有主人翁感，才能挽留住核心员工，这是他在总裁位置上的责任。

同样，他肯定也深知在丈夫角色上的责任，俞笑心想。

“你为什么要认罪，为什么?”宋诚将一沓资料狠狠地扔在一个看不清面孔穿着囚服的男人面前，那个人一动不动，也不说话。

“那里明明是一个没人去的拆迁区，你为什么会去，还是一大早?”宋诚声嘶力竭，吼完大口喘气，那个穿囚服的男人依旧没有动静。

“你说话呀，说话呀，你是不是说谎了，人不是你杀的，你只要把事实说出来，我们警察就能帮到你，找出事情真相。但是你一直不说，我们也无能为力!”宋诚用最后的力气嘶吼着。

宋诚突然睁眼，又是噩梦，瓦胡同的案件已经过去四年了，王大宇也被执行死刑，虽然警方一直努力寻找事情真相，但因为王大宇一口咬定自己是凶手，其他证据链也完整清晰，审判上是正确的、无误的。他所有的怀疑只是他自己的主观想象而已，毫无根据。

这四年来，他侦破了不少案件，成为队长，肩上的责任更重了，偶尔还是会梦到王大宇，他很想知道，当年是否还存在隐情。

宋诚从床上起来，看了看手机，凌晨 2 点 42 分，他全身是汗，只能淋浴冲洗，任由水滴从他头发一直淋到了脚底。王大宇临刑之前，他曾去看过他。

他很安静地坐着，看不出喜怒，见到宋诚，他难得先开了口。

“宋诚，谢谢你，我没法站起来，如果可以的话，我要给你鞠躬。”

“为什么？”

“你是一个好人，我知道你来的目的，我非常感激，但我已经做好离开这个世界的准备了。”

“当时你看到另外一个人了吗？”

王大宇沉默了片刻，摇摇头。

二人相对无言，很快时间到了，狱警提醒宋诚离开，在转身时，王大宇说：“可以，可以帮我一个忙吗？”

宋诚看了一眼王大宇，这是他最后看到王大宇的模样，平静又不舍，宋诚点了点头。

淋浴的水持续喷射，王大宇想到了一个人：俞笑。

第九章　噩梦重现

那种害怕与无助再次侵袭她全身，为什么时隔那么多年，不堪的记忆重新回归，没有任何理由。

俞笑从噩梦中惊醒。这个噩梦已经很多年没有来过了，但最近却来得频繁。借着微弱的灯光，她看到丈夫睡得很熟，拉起他的手，想让他抱着睡，却被轻轻推开，随后是朱鹤的转身。

那种害怕与无助再次侵袭她全身，为什么时隔那么多年，不堪的记忆重新回归，没有任何理由。她曾不止一次问过自己，如果是现在的自己遭遇这种麻烦，她会做得比那个时候更好吗？不会的！她心里明白。有一个瞬间，她怀疑是不是因为那件事让自己久久怀不上孩子，毕竟一系列的检查已经证明二人在生理上没有任何问题，医生不止一次提醒他们，不孕也有可能来自心理。

一阵雷声打断了俞笑的胡思乱想，顷刻间，外面下起了大雨。俞笑赶忙起身，把客厅的窗户关上，又拿来抹布，把地板上的水擦干。

“5 点了。”她喃喃自语，关了灯，干脆坐在地板上。现在住的是婚房，小区很大，是十年前的高档小区，房子又在中庭，十分安静。以前住在老小区时，每天清晨被垃圾车吵醒，那时渴望可以搬到一个好点儿的小区，让自己睡一个懒觉，没想到愿望实现了，却依旧在5点醒来。

在比较远处的地方，有一个白色人影跑过，显然是物业工作人员没拿伞躲雨。她看着好笑，很快就不笑了，她站起身，把窗帘拉上，进去洗澡，这个属于自己的家里，现在却只有锁上门的淋浴房内才能让她感到安全，她想到两个人：宋诚，还有王大宇。

“俞小姐，请跟着我。”导医小姐客气地将俞笑引导至会客室。

这是坐落于东湖的一个三层楼高独栋，临湖而建，左边是高档别墅区，右边是高尔夫球场，从外面看绝对猜不到这是一个心理工作室。主人叫王维，是时下一档很火的相亲类节目的嘉宾，很多人慕名而来，如果不是托了关系，俞笑至少要晚三个月才能出现在这里，但她等不了那么久了。

俞笑进去后发现这跟传统意义上的门诊不一样，更像一个好友的私密会客室，一个三人位的沙发，一个茶几，一个一人位的沙发，沙发的材质都是针织，颜色都是橙色。

“王老师，你好。”俞笑问候王维，王维示意她坐到三人位的沙发上。

“你好，俞小姐。”王维递给她一杯有些热度的牛奶，坐到了一人位的沙发上。

王维今年三十多岁，俞笑曾在一本时尚杂志上看过他的采访，他从小就是一个很有主见的人，想法特别，成绩非常优异，可以选择中国任何一所大学的任何一个专业，但他却选择了冷门的心理学。父母、老师、同学都非常不理解，觉得他脑袋抽风了。他读完本科又去国外读了博士，回来后，在一个公立医院做心理医生，口碑甚高，再后来和人合伙开了这个心理门诊。去电视台成为驻场嘉宾并不是他的本愿，只是他的合伙人说那是一个不错的宣传口径。他想了想，还真是这么回事，要想把事业做成功，掌门人就必须是网红。合伙人甚至举例说中国福布斯的前几位富豪，哪一个不是网红，即便自己不是网红，那儿子也铁定是网红。

“你最近感觉快乐吗？”王维开始了交谈。

“快乐？”俞笑沉默片刻，“我已经很久没有想过这个问题了，我现在想得最多的应该是麻烦不麻烦，快乐还真没想过，如果非要去想的话，那我应该处于既不幸福也没有悲伤的范畴吧。”

“你现在有什么困扰？”

“我，我。”俞笑没有勇气说出那件事。

“或者你的心结。”王维盯着俞笑，“你要知道任何心结，一旦你选择面对，那就是胜利了一大半，现在你就有这样的机会，如果讨厌你的过去，那现在可以重新开始。”

“我今年三十四岁，结婚四年了，但一直没怀上孩子。”王维用表情鼓励俞笑继续说下去。

“我去过所有的大医院，我和先生的体检都是正常的，所以我怀疑这会不会和我的过去有关，而且我最近一直在做噩梦，关于那件事的噩梦。”

俞笑进入状态要比王维预计来得早，他变换了倾听的姿势，眼神也变得更加专注，这些变化都是为了给俞笑勇气，让她直面心结。

“我被人强暴过。”俞笑说完舒了口气。这内容完全符合王维的判断，但他还是抿了抿嘴，轻轻点了点头，拿起桌子上的小巧克力盒递给俞笑。这个举动非常必要，这表明他对她的同情和关爱，而且甜的食物能给人力量和温暖。小巧克力盒中有八种口味，总有一款是她想要的。

俞笑直接拿起黑巧克力，塞进嘴里。

“我中考发挥不理想，没考上市区的学校，托关系进了郊区的正阳中学，只是离家有些距离，要换乘两辆公交车才能到，所以我经常去学校后门的小卖部买方便面之类的当晚饭，因为那里有开水，去得多了，和店主也就聊得多了，我也会把有些事情告诉他。那次期中考试，我物理考了五十三分，全班就我一个没及格。那天学校有文艺晚会，我请假去小卖部买吃的，准备早点儿回家，但在小卖部里我没忍住，哭了，哭得很伤心。店主是个四十多岁的男人，离婚了，就守着这家小卖部过日子，他一直轻声安慰我。后来他竟然搂着我，我想挣脱，但他变得很凶，用力把我按倒在地上，拉上卷帘门。我大喊大叫，但那天所有同学都看晚会了，没人来小卖部，我被他强奸了。当时我脑子是蒙的，什么都不知道了，只记得方便面散发出红烧牛肉面的味道，直到现在，我一闻到那个味道就想吐。后来，他给我跪下，扇自己耳光，说自己禽兽不如，并保证以后再也不会这样，希望我原谅他。他还说，如果我的事情被别人知道了就会被学校劝退的，家人和我一辈子都抬不起头。”

俞笑埋起头，啜泣起来。待她发泄得差不多了，王维递上了纸巾。

“所以你没有报警，也没有告诉其他人？”

俞笑点了点头。

“那他后来有没有骚扰你。”

“没有，我后来再也没有从学校后门走过。”

“你怀疑怀不上孩子是因为这个。”

“我知道这个想法很奇怪，但我确实有这样的担忧。”

“这个想法不奇怪，在找不到任何答案的时候，人总会把各种关联事务都排除。”王维接着说，“你是怎么看待高中这件事情的。”

“想深深地埋藏，但发现越想埋，它就越想出来。”

“那时候你有自闭、自卑或者其他区别以往的举动或心态吗？”

“刚发生后，我非常害怕，害怕会怀孕，也害怕别人会知道这件事，经常睡不着，成绩更差了。几个月后，我发现除了我自己内心受的伤，其他东西都没有改变，直到高二暗恋一个男生，这在很大程度上转移了我的注意力，给了我生活的希望。”

“你会觉得这件事情是你的责任吗？”

“以前会觉得是，总是在无止境的假设中，假如那次物理考试我及格了会怎么样？假如那天我没有请假，去观看了学校的文艺演出会怎么样？假如那天我没有在小卖部里哭会怎么样？但后来我明白这不是我的责任，我有权选择去看不看演出，哭不哭，该负全责的是那个男人，不该是我。”俞笑说到最后哭了出来。

王维站起身，认真地说：“高中那件事，你心理建设得非常好，这种事情对一个人来说是一辈子的影响，只能尽可能去消除，不可能完全避免。从你今天说的情况来看，我个人觉得你是在转移矛盾，没有孩子对你的压力过大，而你又非常期待这个孩子，所以会把注意力转移到之前的那件事上，然后形成思维的死结。”

王维说完，建议俞笑把窗帘打开。俞笑打开窗帘，阳光很刺眼，但有种别样的舒服。

永盛集团董事会上，许久未露面的董事长做了最后的总结。他对总裁朱鹤大加赞赏，集团在房产、酒店、外贸、投资等诸多领域业绩斐然，认为未来五年是永盛集团从区域公司迈向全国性公司的关键时期，因此公司上下除了做好眼前的工作以外，眼光还要更远一点儿，想法要更超前一点儿，他更认为很多想法全公司人都可以提出来，如果可行，甚至可以推行“合伙人”制度。

在大家都等待董事长“会议结束”这句话时，他突然说：“朱总，可以适度曝光自己，这对我们公司都是很有利的。我看现在全国知名公司的掌门人还真个个是网红，随随便便一个赌约就能上新闻头条，成为大家热议的话题，比我们花大价钱作广告来得有用多了。”

朱鹤见缝插针地说：“董事长，我们永盛的掌门人可是您，不是我，我顶多算一个管家。”这话说得很有技术，其他人纷纷点头附和。

董事长说：“永盛集团的未来还是要靠你们的，我年纪大了，何况刚才这话也不是我说的，是我女儿提醒我的，这个叫什么来着，对了，叫眼球经济。现在总裁可真不好当呀，不但要对内管理好，还要对外展示好，最好有一大堆的粉丝。所以朱总，那个《最时尚》杂志的采访，你就不要推托了，我看了他们的采访方案，非常好呀。”

朱鹤心里有些不舒服，但并未表现出来，笑着点了点头。

《最时尚》杂志这个采访的方案是从新的一线城市入手的，江城作为新的一线城市的翘楚，自然会得到更多版面，而永盛集团是江城最好的本土公司，极具代表性。虽然房地产、酒店、外贸三大产业有些传统，但随着编辑和记者的深入挖掘，发现永盛集团竟然还是国内好几家崭露头角的互联网公司的天使轮投资人，所以这个采访方案无论从哪个角度来看都非常好。他们一个月前就联系过朱鹤，但意外遭到朱鹤的婉拒。事后《最时尚》想找类似的企业作为替补，发现还真没有一家企业像永盛集团这么夺人眼球。最后只能通过总编辑的私人关系联系到董事长的女儿，所以才有了董事会上的这一幕。

朱鹤与《最时尚》对接工作后，决定将采访地点安排在永盛集团开发的一个别墅楼盘，而且将以家庭生活为主，商业贡献为辅，毕竟这是一本时尚杂志，而不是专业的财经杂志。

朱鹤通知俞笑采访这件事，并让她陪同出镜。俞笑感到奇怪，因为她深知朱鹤的性格，这几年来，很多省里、市里的诸如颁奖典礼、优秀商人之类的评选都来找过他，却都被他拒绝了，这次不但他自己出镜，连俞笑都要。

拍摄时间定在周三，当天天气晴朗，《最时尚》杂志派出了记者、摄影、化妆三名大将及若干助理，浩浩荡荡竟有十余人。采访记者是一个干练的女性，英文名叫维纳斯，两年前刚从美国留学归来，是时尚 Office Lady 的典型代表。她话不是很多，但很得体、端庄。而化妆师的一辆商务车里挂满了衣服，这些都是商家赞助的。俞笑看了下，男款明显比女款要多。

夫妻二人在泳池边、会所里、样板房里、园林里拍摄了不少照片，俞笑本以为拍摄顶多跟婚纱照一般辛苦，没料到顶级时尚杂志的拍摄要求和细节把控得真是严之又严。长头发的摄影师似乎早料到会有这种情况，在一次次不断重复时，他都保持了相当的耐心，只是旁边帮他们打光的助理体力已经跟不上了。

最后傍晚时分，夕阳下，采访记者维纳斯和朱鹤、俞笑夫妻坐在泳池边上进行文字采访，这些问题双方早就做过沟通，因此非常顺利。

“朱先生，整个江城现在楼市产品几乎都是高层加花园洋房的配置，只有非市中心地块，在这两个产品基础上会增加别墅产品，例如联排或者叠拼，对这几个产品，您个人是什么喜好?”

“公寓、花园洋房、别墅，就个人而言，我最喜欢的还是别墅，尤其是独栋别墅。我想任何一个人都幻想过有一栋别墅，有很大的草地，里面有树，要是有条河就更完美了，想想你和你的爱人可以住在里面，一起做饭，一起打扫卫生，看看窗外的美景，你的孩子在草地上奔跑，你的邻居推着刚从超市买来的货品跟你打招呼，是不是很美的画面。”

维纳斯盯着朱鹤说：“朱先生，有一件事，我也是无意中听到的，今天难得你也在，能不能帮我们解开下谜底?”

朱鹤微笑点头，俞笑也很好奇，因为A4纸上的问题已经全部问完，该结束了。

“好几年前，在江城曾经出现了一个不留姓名的见义勇为者，他在极寒天气里，跳下河救了一个少女，请问这个人是你吗?”

朱鹤一闪而过的紧张、恐惧都没有逃过俞笑的眼睛，他得体地说：“每个男孩儿心中都有一个英雄梦，我也不例外，但至今没有机会，你说的那个事件我也记得，但是我不能抢那个英雄的功劳。”

维纳斯有些小失望，因为如果今天坐实这个传闻，那么这篇采访的话题度和热度都会符合头条标准。

朱鹤仿佛为了弥补维纳斯的小遗憾一般：“其实我也有一件外人不知道的事情，想跟《最时尚》读者分享。”

“哦，真的呀。”这果然调动了维纳斯的兴趣。

朱鹤拉起俞笑的手说：“永盛集团光在江城的楼盘就不下十五个，但是我从来没买过永盛集团的房子，而且，我太太，”朱鹤深情看了一眼俞笑，“最近在看的楼盘也不是我们永盛的。”

俞笑接着说：“没错，我最近在看的几个楼盘确实都不是永盛的，因为我先生说，自己公司的产品太棒了，所以都要留给懂我们的客户。”

几个人哈哈大笑，这个访谈非常完美。

晚上俞笑收到摄影师传过来的样片，看着里面的自己，要比婚纱照里的自己更加漂亮、端庄，只是双眼没有了洋溢的幸福。

第十章　还记得王大宇吗

他是一个好人。错了，应该说他是一个好孩子，大家都冤枉了他。

俞笑在厨房榨了橙汁，盛在玻璃杯里，从烤箱里拿出刚刚做好的曲奇饼干，闻了闻，心满意足地放在托盘上走到书房门口，朱鹤在里面看书。

门虚掩着，朱鹤正在打电话，俞笑犹豫要不要进去。

“舆情监督有进展吗？”朱鹤的声音，看来朱鹤正在和永盛集团的行政副总通电话。像永盛集团这样的大公司，非常注重社会监督，如今网络已成为收集社会监督最为有效的手段，因此行政部门的一个职责就是定期收集舆情，以免不良事态扩大。

“《最时尚》影响力那么大？几大门户网站和主流媒体都转载了我的采访报道？”朱鹤有些吃惊。

“不需要，任何自媒体如果要求我们以付费方式来帮忙转载，一律谢绝。”

“我不会上电视台的节目，也不会去做创业类真人秀的导师。”

“这怎么会是集团一次难得的宣传机会呢？你不要给我自作主张，我让你冷处理你就给我冷处理，如果董事长问起来，我自己会解释。”朱鹤很快挂了电话，还轻轻骂了句“白痴”，显然朱鹤不喜欢扩大这次采访内容。

俞笑进去把吃的放在书桌上，朱鹤冲她笑了笑。

自己丈夫某些方面真是够奇怪的，俞笑弄不懂一次免费的能把集团迅速推向全国的机会怎么在他眼里变成了洪水猛兽，避之不及。

可能企业家的心态不是她这样的全职太太所能理解的。俞笑一边吃着曲奇饼干，一边想着这些事情。她非常后悔辞职，觉得自己现在完全是依附丈夫而存在的，再加上久未怀孕，人生的价值感非常低，曾经的自信仿佛随着这曲奇饼干上的热气一样，慢慢散去，随后冷化、变硬，这让她非常郁闷。

门铃声，刘欣的大嗓门：“我快拿不动了，快帮我。”刘欣夫妻一大早就去了葡萄园，拎了好几袋葡萄。

俞笑对刘欣老公石头说：“你老婆是不是把人家葡萄园快吃得破产了？”

石头在电信局做技术，并不爱说话，只是宠溺地看了眼刘欣。刘欣马上说：“就你这个死丫头埋汰我，我和石头累死累活，搬了这么多给你们，也不说句谢谢。”

朱鹤从书房出来，招呼他们进屋，和俞笑二人一起准备吃的欢迎刘欣夫妇。俞笑最喜欢看丈夫切橙子的模样，朱鹤成为永盛集团的总裁后，也没看低俞笑的朋友，而且标准统一，对待自己朋友怎么样，对待俞笑的朋友也是怎么样，这是她最满意丈夫的地方。

四个人坐在客厅里。

“我在杂志上看到你们了。”刘欣立马说，“我买了好几本杂志呢，逢人就送，说这可是我的闺密，有几个人还不信。”石头剥好一个葡萄放到刘欣手上。

朱鹤片刻地不自然，俞笑忙说：“不过是他们公司的宣传手段罢了，对了你家军军马上要上小学了吧。”

“对呢，时间真快，一下子就要上小学了。”石头忙用眼睛示意刘欣，刘欣这才想到俞笑至今还没怀孕，便打住了。

朱鹤并不介意：“你们工业园小学教学质量一般吧。”

“何止是一般，据说是全区垫底的。”刘欣自嘲。

“刚好我们春江花城有一套房子刚打完官司，重新要回来了，八十一平方米，也就不拿到市面上了，准备内部消化，价格就按开盘价，比现在市面价便宜很多，楼层差了点儿，在二楼，如果你们想换的话，可以考虑下。”

“春江花城是中高档小区，学区是市重点的实验小学，我们领导一直想买那里的房子，谁知二手房很抢手，他加价都抢不到。”刘欣很开心。

石头有些不放心：“这么便宜卖给我们，对你有影响吗?”

“不会的，这是打官司的房子，老板最讨厌打官司的房子还挂在公司名下，觉得不吉利，当然这是他那代人的想法，所以他一定要我赶快处理掉，而且不能有第二次官司。你们如果能要的话，也算帮了我。如果我自己买了，那就是占公司便宜；如果让公司其他人买了，没买的人心里会不舒服，所以我想来想去，还是外面的人买走好。虽然也会有闲言碎语，但持续时间不会太长，何况我们一直在你们餐厅就餐，你对我们都很照顾，他们不会说太多的。”

刘欣和石头按捺不住内心的喜悦，他们现在住的安置房，且不说地段，邻居素质才是最让他们头痛的，把电瓶车放在电梯里，楼上八十九平方米的房子被分割成了八间，住了整整十六个人，一楼住户自己围了栅栏，养起了鸡和鸭，半夜三更小区里还有人在大声讲电话，哭着质问那个人为什么不爱自己了……要说起这烦心事，真是三天三夜都说不完，没想到心头的大麻烦竟然在今天看到了解决的希望。

刘欣夫妻二人很快就告别了，儿子军军催着他们早点儿回奶奶家接他，走之前刘欣告诉俞笑，要开高中同学会了。

“我可以不去吗?”俞笑高中毕业后因为那场意外让她有意和同学保持距离，除了陪伴她两年的同桌刘欣。

“你现在不能不去了，你可是上过杂志的人，你要是不去，大家肯定会编排你看不起同学之类的话，这对你和朱鹤不好。再说，那是我们最美好的三年时光呀，全班那么多人朝着一个目标前进，多么难得的岁月，你说你不去，我们还能聚会几次呀。”

俞笑想起王维的话，“勇敢去面对，就是胜利了一大半”，便点了点头。

同学会被安排在城南的一个山庄里，到的人不多，很多同学去了更大的城市发展，连春节都未必能到，何况一个小小同学会，还有不少人忙于工作，或者家庭急事，总共到了二十三个人。大家都是十多年没有见面了，有几个同学还拿着当年的毕业照过来，互相很有兴致地传送，生疏感一下子都没了，看着照片里的大家，再看看座位上的大家，时间是一把杀猪刀，曾经陪伴自己走过青葱岁月的人正一点点老去。

吃过饭，彼此三三两两地聊天，一个长得高高、面容俊秀的男同学走到俞笑身边，说：“俞笑，我能和你单独聊聊吗?”

“好的，陈文。”陈文是俞笑高一到高三的同学，他们高二文理分班后，又是同一个班，但彼此没怎么说过话，她跟着陈文到了咖啡厅的一角。

“你还记得我们高一同学王大宇吗？”

俞笑很吃惊，突然想起来当时王大宇也是比较高，貌似跟陈文是同桌，这稳定了她的情绪：“我记得。”

“他，他走了。”四年里俞笑第一次听到别人说起王大宇。

“我知道。”俞笑低声说，“我也很难过、很遗憾，他做错了事，受到了惩罚。”

“他是一个好人。错了，应该说他是一个好孩子，大家都冤枉了他。”陈文努力让自己语气平静，但想到那个高一曾帮过自己的同桌，有些不能控制。

陈文为什么要跟我说这些，他是不是知道些什么，难道他知道瓦胡同案件？不可能？陈文没留意俞笑的走神，他只是呆呆地望着前面的咖啡杯。

“你知道他高一为什么进监狱吗？”陈文片刻后开口了。

“听说是因为赌博？”

“不，他从来不赌。高一，我一直和他在一起，他从来都不赌。”陈文又激动了。

“那，那我真的不知道了。”俞笑看着有些悲伤的陈文，感觉很奇怪。即便作为同桌，在时隔四年后，怎么还这么悲伤，最为关键的是他为什么要特意来告诉自己这些事情，俞笑很想立刻结束这次谈话。

“他也不会杀人的，出事前一天他还特意和我告别，出狱后他一直找不到工作，社区帮他找了一份工作，他很高兴，只是离这里有三四十公里，回来不方便。”陈文看了一眼俞笑，觉得她并没有异样，“他当时说还有一个人要去告别。”

“你也别太难过了，我们都感到很可惜，但是我们要向前看，我去帮你拿点儿水果。”俞笑心里已经盘算好，等下让服务生送个果盘过来就好了。

俞笑重新回到刘欣等几个女生身边，远远地看了一眼陈文，落寞的背影，听说陈文至今未婚，也没有女朋友，不过这不妨碍他成为一个文化人。他早年在报社做记者，在移动互联网时代，他辞职创立公众号，现在有不少粉丝，也算小有成就。

俞笑又看了一圈周围聊得很起劲的老同学，突然明白，今天到场的二十三个同学中，只有自己和陈文是高一同一个班的，也就只有俞笑认识王大宇。

陈文懊恼自己主动找俞笑去说这些事，那个人已经走了，何苦再扰在世人。他拿起咖啡，看到俞笑也正看着他，举杯示好，喝下一口，咖啡早就凉了，不见醇美，只觉苦味。

“他是一个好人。错了，应该说他是一个好孩子，大家都冤枉了他。”

“不，他从来不赌，高一，我一直和他在一起，他从来都不赌。”

陈文这两句话一直在俞笑脑中反复出现，之前她一直认为王大宇是不可饶恕之人，因为他那么残忍地将花季少女张怡然捅死在荒芜的拆迁区。支持她这个想法的一个重要因素就是王大宇的犯罪前科，这才让她理直气壮地向警方隐瞒了可能存在的人影，现在陈文的话让她对此产生了疑问，她感到自己越来越压抑，有一个东西堵在她心口。

朱鹤的年假时间到了，作为公司总裁，不能像普通员工一样选择自己喜欢的时间段，只能选择总裁事务相对空闲的时候，7月下旬就是这样的完美时间：上旬可以做完上半年总结及下半年计划，而客户们也忙于做半年总结或计划，相对而言，是他一年里最空闲的时候。他建议二人前往毛里求斯，因为免签，俞笑说从一个火热的地方到另一个火热的地方，实在乏味，只能作罢。最后二人商定不如到祖国的大西北看看，近年来，甘肃、宁夏的旅游线突然火了起来，他们也想去看看。只是年假到来时，永盛集团突然听到一家全球顶级奢侈酒店即将进驻中国，朱鹤不得不抢在竞争者之前赶往美国争取合作机会。

俞笑被放鸽子也不介意，本来就是为了陪朱鹤。夫妻俩买下万里江山一套洋房，这天售楼先生告诉她签约需要准备一些资料，万里江山属于江城限购区，俞笑必须去区里的国土资源局打印相关证明。她从国土资源局出来，就看到了一个人：宋诚。他和一个女人拉着手从民政局大门出来，二人都是一惊，这让宋诚的妻子面带怀疑。

“宋诚，你好！”

“你好，俞小姐，这是我的爱人，小兰。”

介绍后，又是短暂的相对无言，这更加剧了小兰的怀疑。

二人都在犹豫要不要另约个时间，几乎同时开口，说：“要不。”然后又同时闭嘴，这无疑给小兰刚刚结婚登记的喜悦泼了冷水。宋诚不想尴尬继续，看了下手表，说：“现在有空吗？聊聊。”

俞笑点了点头，宋诚把小兰拉到一边，好说歹说五分钟后才一个人过来，而远处的小兰则三步一回头。

“恭喜你结婚了，很抱歉，让你妻子误会了。”

“没事，她私下就像个孩子。”

二人原本想找一家安静的咖啡店，但十几分钟后，只找到一家肯德基，二人都没点餐。

“你到现在还认为王大宇是无辜的吗？”俞笑开门见山。

宋诚沉默了许久，才说：“作为警察，我永远相信证据。”说完他感觉这家餐厅的冷气有些大。

俞笑并没下定决心要不要把陈文说的事情告诉宋诚。宋诚电话响了，有突发事件需要归队，他留下电话后就走了。

第十一章　谁是不可饶恕之人

作为瓦胡同案件的唯一目击者，她带有偏向性地向警方提供了口供，而一切出发点都是来自当年她对朱鹤的暗恋。

明明很想睡觉，却无法入眠，甚至保持同一个睡姿都困难，她关了手机又重新开了手机。曾让她倍感放松的床铺、柔软的被子此刻却像铁链、牢笼让她感到压抑和窒息，脑子里只有三个字：王大宇。

会不会对王大宇有误解，如果陈文的话是对的，王大宇高中的故意伤人罪存在隐情，那么俞笑推理的多米诺骨牌就会瞬间倒塌。四年前，她因为王大宇的犯罪前科，想当然地隐瞒了可能存在的那个一晃而过的背影。

不，不会的，不会存在问题。陈文过于感性，作为同桌，他未必真正了解王大宇。就算他说的是真的，但是他眼里的王大宇未必就是真正的王大宇，一个犯有刑事案件的人怎么可能把自己完全展现在一个同桌面前呢？

肯定就是如此，陈文肯定被王大宇的表面所欺骗了。俞笑试图用这个结论让自己安睡，但这个黑夜漫长而煎熬，时针从数字“8”又走回数字“8”，其间秒针的每一次拨动都像一把利剑戳动着她的防御。

她第一次审视自己，她用一个晚上的痛苦将内心深处那个不愿意出来的自己逼出来。作为瓦胡同案件的唯一目击者，她带有偏向性地向警方提供了口供，而一切出发点都是来自当年她对朱鹤的暗恋。朱鹤在她心中完美无瑕，她要保护好他，即便他永远不知道曾经暗恋过他的妻子为他付出过什么样的代价，但这是她的使命。

她不得不承认，陈文可能存在错误，但她自己更可能存在错误，退一万步讲，即便王大宇高中时真的犯有故意伤害罪，但这就能推断出他就是杀人凶手吗?

俞笑倒吸一口气，全身发冷。为什么他会认罪！还不是因为他真的做了，在证据面前无从狡辩。俞笑再次试图安抚自己，她从床上起来，走向落地窗，拉开窗帘，阳光直射而入，照亮房间的每一方寸。

戴老师打开抽屉，从里面拿出一大沓照片，那都是每一年她教过孩子的毕业照，用放大镜仔细地找。

俞笑指了指合照里一个不起眼的女孩儿说：“戴老师，这个是我，俞笑。”

难怪老师认不出来，她高中时真的很不起眼。老师眼里有些歉意，俞笑觉得并没什么，一个将学生的毕业照小心地藏在书桌里的老师本身就值得尊敬。“戴老师，今天我想请您帮个忙，您知道一个叫王大宇的学生吗?”

“王大宇?”戴老师想了想，说，“那个已经走了的孩子?”

“是的，高一到高三您都是班主任，他高一时在我们班。”

“我记得，他当时有些特别。”戴老师拿下眼镜放在了照片上，“比你们大了整整两岁，你们还没成年，他高一就成年了。我当时觉得奇怪，第一次家长会时我还想着问问情况，没想到来的是他奶奶。他奶奶说这孩子爸妈都没了，因为小时候生过病，所以耽误了两年，他就跟着奶奶一起生活。后来寒假，我见过他在工地搬砖，也见过他奶奶在菜市场捡菜叶。我向学校申请了补助，这样他高二以后就不用交学杂费之类的，没想到不久就出事了。我很自责，如果早点儿知道这个情况，结局会不会就不一样了。”戴老师的眼睛有些湿润，“对了，你怎么想到了他?”

“前段时间遇到了陈文，他跟王大宇是同桌，我们都挺伤感的，陈文说他是一个好人，肯定是被人冤枉的。”

“陈文是个好孩子，现在有空还来看我。大宇出事时已经成年，所以去了监狱，而陈文还没成年，他怕狱警不让他看大宇，就来求我陪他去。他给大宇买了很多吃的，我提前出来几分钟，好让他们说说话。回来路上陈文蹲在路上哭了，我问他怎么了。他说大宇让他不要再去看他，说别让人知道他有这么个坐牢的朋友，还说他很担心我会不会因为他被学校开除。我一听也哭了。”

戴老师已经退休，她家与高中只隔了一条马路。告别戴老师，俞笑看着自己的母校感到陌生，很多记忆已经模糊。铃声响起，学生鱼贯而出，她想，当年的我们也曾穿着校服，和最好的同学手拉着手，或者勾肩搭背，笑着或者担心着后天下午的一千米长跑考试，也许还在嫉妒好朋友这次名次比自己高了好几名……

那是多么美好的小烦恼。

陌生的少男少女从她身边而过，俞笑感叹，我们的青春不但已经远去，而且似乎连中年都快抓不住了，我们已经有同路人离我们远去，再也不会出现在我们的生命里。

俞笑开车送公公、婆婆去中医馆找任医生把脉，这是他们的日常保健，一个月一次，平时都是朱鹤接送，只有他出差时，俞笑才会帮忙。两位老人在车里话不是很多。

公公、婆婆是典型的工薪阶层，当朱鹤三十二岁还没结婚时，可急坏了他们。不管儿子事业多成功，长得多好，只要没结婚，在老人眼里就是失败的人生，尤其是朱父，不止一次和儿子吵过，也托了各种关系找相亲对象，甚至在报纸上看到湖边公园有相亲会后，拿着朱鹤的照片偷偷摸摸去那里找过儿媳妇。因此，当朱鹤第一次带着俞笑走进家门时，二老别提有多喜欢俞笑了，但随着时间的流淌，二老的注意力已经转变为对孙辈的渴望，可惜俞笑迟迟不见动静，儿子在他们眼里是完美无瑕的，那么不孕的责任肯定就是儿媳。

任医生中医馆位于城南，今天不知什么原因，路比平时堵，俞笑抬头就看到一个广告词“瓦胡同今日展新姿，明日放光彩”，原来去中医馆就要经过瓦胡同地块。

今天开的是朱鹤的SUV，虽说后排比三厢小轿车来得宽敞，但坐久了也会难受。俞笑婆婆说：“还真远呀。”趁着等红灯的间隙，她活动活动腰骨。

当年宋诚也曾问过她：“晨跑？那么老远过来，到一个拆迁区域跑步？”当时宋诚眼里满是怀疑！

朱鹤结婚前一直和父母住在一起，俞笑看了一眼车程表，足足十八公里，朱鹤当时为什么要在群信息里说要去瓦胡同晨跑？

清晨驱车十八公里去一个拆迁区域晨跑，这不就是属于他妈说的不正常吗？

“笑笑，笑笑，绿灯了。”婆婆拍拍她的后背，后面的喇叭声此起彼伏，俞笑回过神，踩上油门。

回来途中，俞笑心神不宁，差点儿追尾公交车，这可把两个老人吓坏了。在距离公公、婆婆小区几个路口时，她看到了临江公园，之前都没怎么留意：“爸爸、妈妈，你们平时去不去这个公园？”

“当然去，这个公园离家近，走小路就更近了，我和你妈经常早上 6 点多就到了那里，然后和几个老朋友一起跑跑步，走走路，压压腿，最后就去买菜。”

“这个公园最近才造的吗？我怎么没印象。”

“都十几年了，别以为是一个小公园，每天像你这样的年轻人很多，他们都喜欢来跑步。对了，你们年轻人喜欢边跑步边听耳机，手臂上还绑着一部手机。”公公笑着说。

“是呀，你们年轻人就跟我们不一样，我们还是喜欢拿着收音机大声放着评书。”婆婆附和。

“二位，真的很抱歉，我们酒店婚宴明年春节前都预约满了。”玺悦酒店的餐饮部经理抱歉地对宋诚及小兰说。

“这么夸张，还有半年才到春节呢。”小兰吐了吐舌头。

“要不二位去附近其他酒店看看。”

出了酒店的大门，宋诚看到小兰失望的模样有些于心不忍。小兰和丈人、丈母娘都是好人，他们对自己几乎没有什么物质上的要求，不嫌弃自己有危险性且经常加班的职业；不嫌弃自己很普通的收入；不嫌弃自己那套在城郊的房子。为了帮宋诚省钱，小兰甚至主动说，那套房子不用再装修了，就原来的装修好了。宋诚想给她一套新装的房子，小兰却说就是喜欢原来的风格。彩礼钱也是象征性地给了一万八千元，随后丈人、丈母娘给了他们八万八的红包，说给他们结婚用。宋诚自问何德何能，能娶到这样的老婆，因此其他方面不想委屈小兰，就像他前几天托在香港的朋友买一个钻戒，谁知被小兰听到，当场反对买那么贵的。她教育他钻石不保值，黄金才保值，钻戒买一个三千元左右的就好了。而婚宴很大程度上是给亲朋好友看的，岳父有一个兄弟，关系不好，上次小兰那个堂哥结婚时就在玺悦酒店，当时在亲朋面前吹说这家酒店多么多么好，酒席多么多么贵，众多亲戚好像是占了他多大的便宜才能来这么好的地方吃饭一样。岳父气不过，当场表示，以后小兰的婚礼也一定会在玺悦酒店办。他和小兰盘算了一下，双方亲属加朋友也就十桌，即便每桌八千元的标准，加上香烟等酒席费用可以控制在九万元以内，基本可以用收到的礼金抵充，况且岳父、岳母早就说收到的礼金会全部给他们。

可现在还真是不好办了。宋诚想起一个人，玺悦酒店隶属于永盛集团，而俞笑就是永盛集团总裁朱鹤的妻子，前几天李珊珊拿着一本时尚杂志跟他说：“俞笑嫁入豪门了。”

宋诚向来不喜欢也不擅长处理这种关系，但有时人就得为身边至爱至亲的人去做一些自己不舒服的事情，何况这并不是托关系走后门，他们是实打实付钱买服务，只是想如果有客户取消订单，他们就替补入选而已。

在宋诚的心理建设得相当成功后，他拿起手机，准备联系俞笑。此时电话响了，竟是俞笑。

“你好，俞小姐。”

“宋警官，我们见个面吧。”

俞笑的脸色不是很好，在咖啡厅等宋诚过来时，她没有下定决心，是不是真的要做这件事。她摇摇头，不敢去破坏现状，尽管内心备受煎熬，但她相信，时间能抚平一切。当年她遇到那样的龌龊事，起初那种痛苦、焦虑、无助和绝望，还不是最后挺了过来。暗恋、恋爱、结婚一件都没有落下，那现在又算得了什么，仅仅是对丈夫那些蛛丝马迹的怀疑，就要弄一个翻天覆地吗？

不，绝不，自己不能成为打破平静生活的元凶。不能！绝不能！夫妻入住万里江山的新房子后，现在住的房子让自己爸妈来住，这是朱鹤主动提的，爸爸、妈妈一定很开心，搬离那个每天凌晨5点垃圾车声响，每个夏天都不敢开窗门的小区，还有邻居李伯伯、张阿姨羡慕甚至是妒忌的眼神。

那为什么要跟宋诚见面，我到底在做什么。俞笑思绪很乱，直到宋诚坐在她面前，对服务生说："一杯咖啡。"

"为什么你一直觉得王大宇是无辜的？"俞笑的问题其实也是宋诚一直问自己的。

"是你的直觉，根本没有任何线索，对吧！"俞笑不等宋诚回答，"因为一个刚从美国回来的花季少女，一个并不住在城南却到那里孤身跑步的女人，一个刑满释放戴着口罩的男人，他们都同时出现在平时荒无人烟的拆迁区，然后发生了凶杀案，不管从哪个角度来看，都充满了诡异，是吗？"

宋诚点了点头，俞笑继续说："我想看王大宇故意伤人罪的卷宗。"

这是原则性问题，宋诚摇了摇头。他看到俞笑虽然被拒绝，但她的脸上却流露出侥幸的神情，有些不解，"你想要知道什么，可以公开的部分我会告诉你的。"随后便拨打了李珊珊的电话，让她把王大宇故意伤人案的卷宗资料调出来。电话还没有打完，就听到俞笑说：“算了，不用了，不用了，既然不允许，那就不用了。”她的语气近乎哀求。

宋诚挂了电话，俞笑已经起身：“抱歉，我突然想起有一个约会，来不及了，我要走了。”

宋诚叫住了她，说：“帮我个忙，我想预订玺悦酒店的婚宴。”

俞笑一愣，没料到是这个问题：“哦，恭喜你，几号？”

“你上次恭喜过了，1 月 11 日。”

“订好后我联系你。”

第十二章　可疑的总裁

她从来没有告诉过朱鹤自己是瓦胡同案件的目击者，朱鹤并不知道她认识宋诚，更不知道宋诚是一个警察。

朱鹤从美国回来，与奢侈酒店的谈判还算顺利，只在股权占比方面存在分歧，北京时间晚 9 点回到江城，拿了行李才想起这次竟然没有给妻子带礼物，皱了皱眉头，在美国的这几天他心神不宁，总担心会发生什么。

酒店业务版块的副总本来想亲自送朱鹤回去，顺便讨论下工作，但朱鹤已没心情，上了自己司机的车直接回家。

朱鹤开门却发现房间漆黑一片，以为俞笑在外面，他有些不高兴，拿起手机查看信息，发现没有告诉妻子自己回国的时间，而最近一次与妻子的信息联系还是三天前，这在以前是不可能的，二人竟然都没有发现这一点。

他开灯，发现一个人背对着他坐在地板上。

“笑笑，我回来了，怎么没开灯?”

俞笑刚才又在发呆，她懊恼自己最近走神走得越来越离谱，连开关门的声音都没听到："我累了，歇会儿。"

俞笑打开朱鹤的行李箱，拿出换洗的衣服，走进洗衣房，关上门，把衣服扔进去，启动洗衣机，深呼吸，她提醒自己："俞笑，回归正常，不要去想那些有的没的东西，不要去打破生活的平静，你除了孩子什么都有了。"

她闭上眼睛片刻，随后睁开，看着镜子里的自己，自言自语："这就是生活。"

俞笑走出洗衣房时，朱鹤正把干净的衣服放入衣柜。

"对了，我有个朋友想在玺悦酒店办酒席，但没档期了。"

"你把对方的信息发给我，我让酒店处理。"

俞笑便把宋诚的名字、手机、婚礼日期、桌数发给朱鹤，朱鹤随手转发，看到了"宋诚"的名字："你的警察朋友？"

"嗯。"俞笑随即走向厨房，准备给朱鹤倒杯柠檬水，杯子滑落在水槽里，洒下的水溅到了她。她从来没有告诉过朱鹤自己是瓦胡同案件的目击者，朱鹤并不知道她认识宋诚，更不知道宋诚是一个警察。

或许他们只是在社交渠道认识的，俞笑安慰自己，又重新拿起水杯，猛地喝下一口。

宋诚第二天刚上班就收到了玺悦酒店负责人的电话，客气地说已经帮他预约好，并会给予相应折扣，最后他拐弯抹角地问当天朱鹤会不会出席婚礼。宋诚挂了电话，既开心又无奈，他要第一时间把消息告诉小兰，却接到俞笑的电话。

"谢谢你，玺悦酒店已经预订好了。"宋诚喝了一口水，接着又说，"这会不会影响原来预订的客人？"按照他的理解，餐厅经理说档期已满，现在他进入档期，那就意味着有人出局，他真不希望自己会给别人婚宴带来麻烦。

“不会，玺悦生意一直很好，他们都会有预留一定位置，给VIP客户或者突发情况。”俞笑不准备在这个问题上多做解释，“你那天说，如果我想知道王大宇伤人罪的信息，你会告诉我可以公开的部分，对吗？”

“是这样，没错。”

“我想知道，谁是受害者，可以吗？”

就这个？宋诚抿了抿嘴：“好的，我确认后回复你。”

近年来，江城每年都会冒出好几个新的购物中心，但普遍生意不好，并不是江城百姓购买力不行，而是购物中心实在太多了，这给了很多本土有一定粉丝基础的公众号机会。

陈文就是其中一个，他的公众号创立比较早，以优质原创内容为主，粉丝好几万，如何利用粉丝套现，不只是当下网红的课题，更是众多公众号的难题。上个月一个新开业的购物中心跟他签订了合同，利用他的公众号每个礼拜发送三篇软文。今天陈文又来到这个购物中心负一层，今天他要向粉丝推荐的是一家新鲜牛肉火锅店，忙完后，他让助理先回去，自己到咖啡店要了杯美式，呆呆地坐在角落，什么都不做，什么也不想，就这么静悄悄地看着时间流淌。如果可以，陈文很想看到时间在这个世界留下的一丝丝涟漪。

陈文没看到时间的涟漪，却看到了俞笑，正站在他面前。

“刘欣说你在这里。”

“要喝点儿什么，我去买。”陈文起身，俞笑没有客套。

几分钟后，他拿来一份蔬菜沙拉和一杯绿茶：“你脸色不好，就不要喝咖啡了。”

“你那天是不是想告诉我什么?”

陈文犹豫片刻，点了点头：“我不确定是不是和你有关。”他拿起咖啡，但没喝，“那天刚刚考完期中考试，临近‘五一’假期，学校组织了文艺晚会，不巧下了很大的雨，全校的学生都在大礼堂看节目，我和大宇坐在一起，前面的位子空了，本来是你的位子。”

俞笑整个人都麻木了，灾难性的一天第一次从另外一个人口中说出，她站起的身体又重重地坐在沙发上。而陈文犹豫片刻，终究没有将王大宇那天得知要坐在俞笑后面特意洗了头发，穿上了新衣服的事情说出来。

“你一直没来，有同学说你考砸了一门课，红着眼睛请假了，大多数人也没当回事，这时大宇出去了，我问他去干什么，他没说，这种天气我担心他出事，也想跟着去，他拦住了我。”

不！不会的！王大宇！俞笑！文艺晚会！暴雨！雷电！不！不会的。俞笑快不能呼吸了。

“因为大宇家在学校旁边，所以我没多想，谁知第二天他没来，警察来了，我才知道大宇出事了。”

那天俞笑也没来上课，被强奸后，她战战兢兢地在宿舍里躲了一夜，第二天一大早跑回家，病了好几天。因此当她收拾好心情回到学校时，王大宇被捕只是旧闻，她当时没有心思去理会这些事。

“王大宇打伤的是谁?”

俞笑手机响了，是宋诚。

“卷宗显示，受害者叫秦札，正阳中学外小卖部店主。犯罪时间：2001 年 4 月 27 日。”

俞笑没握住手机，手机往下掉，碰到了桌子，又掉在了俞笑的腿上，陈文说：“我们学校后门小店店主秦札。”

手机最后还是砸在了地上，陈文见俞笑目光呆滞，还哆嗦了几下，弯下腰帮她捡手机，却发现手机屏幕已经完全碎裂，不可修复。

一个头发凌乱、穿着不合身T恤的老人拄着拐杖用力捅了捅空调室外机。“真是见鬼了，前年刚修过一次，又坏了。”没几下，他额头的汗就出来了。他慢慢挪步到店门口，抬头看到对面停了一辆车，虽然他对车并不了解，但直觉告诉他这辆车很贵，只是这辆车已停了半小时，还不见人下来，真是奇怪。

他不知道车里的人也看着他，片刻后车门开了，走出一个女人，约三十岁，虽长相普通，但气质很好。秦札多看了几眼，他三十岁离婚后就一直没有结婚，主要是没人看上他，后来他被打成了瘸子，就更不可能有人看上他了。

他一想到把他打成瘸子的王大宇就气得想摔杯子，活生生把他的人生给毁了，所以四年前听到王大宇被判死刑后，他觉得老天开眼了。第二天早上，他就放了好几挂鞭炮，最后因为声音太响，吵到了学校而被投诉。

鞭炮并没给秦札带来什么好运，去年开始关于正阳中学要搬迁的传闻就不绝于耳，要是真的搬走了，那以后的生活该怎么办。他叹息的工夫，女人已经走到了面前。

俞笑发现这跟以前没什么变化，昏暗的房间、杂乱的陈设、一大堆三无产品的堆砌，还是大家口中的“小黑屋”。

“美女，要点儿什么？”

俞笑一直以为自己已经成人，能独当一面，而对方却在不断衰老，现在连腿脚都不利索，因此她不会害怕，更不会怯场，但当真的站在这里，霉变的味道扑鼻而来，仿佛还夹杂着红烧牛肉面的味道，跟当年一模一样，雨夜挣扎的场景一幕幕浮现，她害怕了，想逃，努力抑制着抖动的双腿。

“老板，一碗红烧牛肉面，热的。”俞笑低着头。

秦札起身，去拿了碗面和热水瓶，撕开包装，放入调料，倒入开水。

“你以前也是这里的学生吧?”他觉得女人有些眼熟。

“秦叔叔，是我。”

“你是?”随着年纪的增大，秦札记性已大不如前。

“我是俞笑，以前经常来买方便面的。”

“是你!”秦札冷冷地看了一眼俞笑，没有想象中的震惊，没有想象中的害怕，只有冷漠和蔑视，“你来做什么?”

“你怎么瘸的?”

秦札举起拐杖，指着残废的腿说：“还好意思问，就是你让那个杂种来打我的，你毁了我一生。”他面目狰狞，有几个想买东西的同学看到他们争吵退了出去。

“我毁了你一生?”俞笑觉得好笑，“明明是你毁掉我的人生!”

“你一个女的，跟谁睡不是睡，早晚的事情，而我呢，现在残废了。”

俞笑经常为网络上令人发指的新闻生气，但当自己遇到这种事时，才发现当事者不但生气，更有深深的绝望，世界上怎么会有这样的人：“王大宇是因为我才打你的?”她想早点儿离开。

“不是你这个婊子到处招蜂惹蝶，他能打我吗?你跟那个死人有一腿吧?”秦札满口脏话，“你们上过吧，肯定的，否则那个浑蛋怎么下手那么重。”他说完毫无征兆地大笑起来。

俞笑抑制不住地颤抖，她用尽浑身力气，狠狠扇了秦札一耳光，跑了出去，钻进车里，快速驶离。

车子停在一块空地上，俞笑用双手捂住嘴巴，泪如雨下，不能自抑。

原来如此。

真相竟然如此。

那个未满十六岁的少女，在经历人生最为困难的时刻，是施暴者虚伪的反省、带有威胁的告诫，让她害怕自己的人生就此转折，让她担心自己会被列为另类，让她恐惧自己的家人被人歧视，在家里默默疗伤之时，她的痛苦无处诉说，她的绝望无人知晓，她的愤怒无法发泄。此后的日子里，表面如旧的她，实际成了另一个少女，自卑、敏感、多疑，渐渐远离朋友，远离快乐，远离曾经对未来的憧憬。她曾担心施暴者今后会借此要挟，逼她就范，终日处于担心中，万幸这个担忧并未成为现实，她以为是施暴者的良心发现，让他真正明白对与错，所以她才会对自己当年的退缩、软弱，未能第一时间寻求学校、家人、警察的保护感到心安理得，原来真相并非如此，这一切都为了掩饰自己自欺欺人的懦弱。

那个人依旧是恶魔，依旧是禽兽，是王大宇的拳头让他成了残疾，受到了应有的惩罚，让他不能再作恶。可是王大宇呢，却因此坐牢，他甚至为了保护俞笑的隐私，和秦札非常默契地虚构了一个赌博机的理由，但他自己的名声呢？

许久，她停止哭泣，从车里走了出来，漫无目的地走着。在河边，有淘气的孩子往水里扔石块，比赛谁扔得更远。她拿出车钥匙，用力扔了出去，在水里溅起一片水花。

远处有个长发的男生在广场外摆地摊唱歌，这首歌真是悲伤，可是他面前没有任何听众。俞笑站在那里，听完整首歌，从钱包里掏出所有的钱，放在了吉他箱里，长发男生傻傻地看着俞笑远去的背影。

我不配开车，我不配有钱，我不配拥有安逸的生活，我不配拥有幸福的人生。

我不配！

仿佛只有这样，俞笑才能感受到稍许的心理安慰。

看到开门的是老妈，俞笑才发觉自己竟然回到了这里。老妈看到女儿红肿的眼睛和惨白的脸色，以为女儿和女婿有了矛盾，便拨通朱鹤的电话，刚想质问，却被俞笑抢去话筒。她用很平静的语气告诉朱鹤，父母家有些事，她会住几天，让他不要担心。

俞笑妈心里一块石头落下，任何时候，在她眼里任何事都没女儿婚姻稳定来得重要。俞笑放下电话，轻声说没事后便进了房间。关上门那一刻，她背对着门，蹲下啜泣。就像那年她一大早跑回家，关上房门，背靠着门，蹲下痛哭。她一直以为十六岁那年的痛苦是此生最大的痛苦，不料这次来得更加无助和绝望。

该如何面对这一切？

第十三章　我看到了

“一个穿白色衣服的男人的背影。”俞笑的声音有些颤抖，她闭上了眼睛，眼泪不可抑制。

前面没有灯，漆黑一片，朱鹤打开车灯，心想这条隧道有些长，好一会儿，才望见前方出口的亮光。今天是阴天，盘山公路的视线不太好，十几分钟后他把方向盘往右打，习惯性地将车停靠在最右边，因为工作日的原因，停车场显得空旷，打开车门，不同于城市的空气味道扑面而来，四面都是高山绿树，一片绿色，温度也低，他感到了久违的舒服。

他要去的地方是金德禅寺，距离停车场还有百来米长的山路，岩石台阶，开不了车，只能步行，金德禅寺有千年的历史，但名气没有云城的天关寺来得大。他一步步往前走，周边的树丛中不时有小声响，可能是不知名的昆虫在爬动。十几分钟后，他看到了几个年轻的和尚在扫地。

“施主。”其中一个叫住朱鹤。

“我是来参加居士学士班的。”朱鹤特意穿得很休闲，全身灰色。

那个和尚让人从屋里拿出一本小册子："你叫?"

"谢，谢追"。

"哦，在这里，谢施主，你晚来了一天，我们昨天就举行了居士学修班的开学典礼。"

"非常抱歉，我出差了。"

这时，一个微胖、目光炯炯、穿着黄色衲衣的师父出来，年轻和尚都向他行礼，称呼他为圆通法师。他向朱鹤微笑致意，并让他进来。面对朱鹤的歉意，他没有责备，反而耐心传授他静心禅坐。

朱鹤闭上眼，脑子却陷入胡思乱想，人的欲望来自哪里？真的有十八层地狱吗？人的欲望是无止境的吗？控制欲望会对人产生伤害吗……

生活、工作的各种困惑和烦恼全然而至，他突然压抑，感到窒息，感到快要死掉。

"啊。"他大叫一声，大口喘气，睁开眼看到圆通法师正平静地看着他。

"法师，弟子想问，人该如何破除心中邪念?"

"南无地藏王菩萨，南无观世音菩萨，南无阿弥陀佛。"圆通法师从书架上拿出两本佛经。

朱鹤急忙弯腰双手接过，那是《不净观》和《欲海回狂》，法师轻声说道："邪念不可怕，静心禅坐诵念此经书，不妨先试试。"

宋诚开车带着李珊珊前往正阳高中宣讲未成年人自我防护知识，等红灯时，他看到五米远处俞笑拦下一辆出租车，神情颓然。

宋诚解锁了车门，对珊珊说："今天你过去宣讲，我有急事，你打车去。”

李珊珊一脸担忧，但还是马上下车，趁着红灯最后几秒：“宋队，今天市里的马局也来呢，你怎么能走。”

“顾不了了，如果他问起我，你帮我请假。”眼看红灯还有两秒，宋诚补充：“没问起，就忘记我吧。”绿灯亮起，宋诚的车子第一个冲了出去。

宋诚最近想起四年前瓦胡同案件的频率在增加，在梦里、在开车时、在走廊上、在吃饭时……无时无刻，在任何场景都会出现，而四年后与俞笑的重逢，会不会是一种契机。

“王医生，你说，人会不会明明看到了，但潜意识里觉得自己没有看到，认为是一个幻觉？”俞笑想确定四年前她在瓦胡同是否真的看到了一个远去的人影，但现在并不想透露太多，只能含糊其词。

“这是普遍现象，你听过一句话吗，世界上有很多真相，但人们往往只会选择对自己有利的那种，无论多么冠冕堂皇的话，里面肯定夹杂着私人利益，但这就是人之常情，谁也无法避免。”

“那有没有办法找到真相。”

“找到当时其他在场人，让他们提供细节，帮你还原事情真相。”

无法提供其他细节，今天的咨询只能就此作罢，俞笑准备和王维告别。而王维可能在为别的事情发呆，他看着俞笑憔悴的脸，比上一次更加让人心疼，他提议送她出门。

“俞小姐，心理医生也是这个世界上心理疾病的高危人群，因为他需要承担患者的压力。我准备休息三个月，今天是最后一天。”

俞笑看了一眼王维，不知他的用意。

“一个患者前几天自杀了。”俞笑侧脸看了一下王维，他面无表情，继续说，“当然这不一定是我的责任，就像一个癌症患者，主治医生并不能百分百保证他的康复，但还是很难受。”

俞笑不知此时该怎么安慰王维，王维在走廊停下脚步，看着前面的大门：“一想到曾经的朋友再也不会出现在你的面前，再也不会从这扇门里出来，拍你的肩膀叫你的名字，我真的很难受，是她资助我去美国，后来还投资我的工作室，没有她就没有现在的我，而我却留不住她。”

“她是你的合伙人吗?”

“不，她无偿资助我的，她不要任何回报。”

俞笑沉默，王维冲她微笑：“之所以跟你说这些，是因为想告诉你，如果没有做好心理准备，就不要尝试探知那个不想要的结果，否则不但会打破你平静的生活，更可能会毁灭你自己。”

王维的心理工作室地处郊区，并不好打车，万般无奈，她只能选择手机上的叫车 APP，等待十分钟后，车来了，一辆还算干净的日本三厢小轿车，司机是个中年男子，面相有些凶悍。

司机有两部手机：一部固定在操控台，用于接收客户信息；另一部拿在手里，一直和别的司机语音聊天，话题不外乎今天接了多少个客人，有没有奇葩的，走了多少冤枉路，昨天晚上几点收工的，有没有去吃夜宵……司机语音信息一直没有间断，利用一切能够用手机的时间和别人交流着，说话声音很大。

俞笑并不介意，她脑子里一直回想着王维的话：“找到当时在场的其他人，让他们提供细节，帮你还原事情真相。”“如果没有做好心理准备，就不要尝试探知那个不想要的结果，否则不但会打破你平静的生活，更可能会毁灭你自己。”

她想起早上老妈一大早为她熬的红豆粥，还有老爸从外面买回来的热乎乎的油条，他们现在都以她为荣，他们的邻居都知道，他们即将搬离这个老旧的小区，住进女儿的大房子，听说光客厅就有近三十平方米，而女儿会搬到新的高档小区，一年的物业费就要近两万元。如果生活真的就此打破，父母该有多失望，邻居的脸色会不会表面很同情，而背后又是幸灾乐祸呢："看吧，野鸡就是野鸡，怎么可能变成凤凰。"

她又想到了王大宇，说实话，她对他没有任何印象，完全是陌生人，四年前唯一一次碰面，那时俞笑刚做完口供准备离开，却意外碰到了从另外一个房间出来，戴着手铐，被警察押着准备送往看守所的王大宇。俞笑当时很紧张，王大宇也很意外，突然他冲着她笑了，这太出人意料了，弄得她很尴尬，幸亏很快被警察带走了。

可是当时就三个人，死者张怡然在警方到达时就已死亡，王大宇也不在人世，已经没有人可以给我细节，帮我找到事情真相。

或许……

一阵巨响和司机的惊呼声，俞笑没有系安全带，身体"飞"起来重重砸在了前排座椅后背，迷糊中她看到了宋诚的脸。宋诚很着急地大喊大叫，她什么都听不到，什么也看不见了。

该打破平静的生活吗？可是王大宇为自己牺牲了那么多，理应还他一个公道！当时在场的人除了自己以外，死者张怡然和嫌疑人王大宇都不在人世，但王大宇曾留过口供，他是否会提及那个消失的人影，如果他提及，那么就是真正存在人影，否则就是幻觉。这一切只要问宋诚即可。至于丈夫朱鹤，虽然他之前的行为存在不合常理的地方，但没有证据指向他就是人影，一切不过是自己的主观臆想罢了。丈夫和死者毫无瓜葛，更不可能无缘无故去杀人，自己之前的担忧和反应终究是有些大了。

俞笑突然睁开眼睛，她第一个看到的就是朱鹤。朱鹤细心地擦拭她的额头，而俞笑的妈妈正提着热水壶若有所思地进了门，看到俞笑睁开双眼看着她，她一下子跑到俞笑身边，这里摸摸，那里看看，眼泪都出来了，主治医生也进来看了一眼床边的仪器，并照了照俞笑的眼睛，说她再留院观察几天就可以出院了。

原来俞笑已经昏迷一天了。她乘坐的快车，在一个十字路口司机因为发手机信息而没留意到前方的红灯，与一辆大货车发生碰撞，万幸的是大货车速度并不快，司机只是受了轻伤，而她却因为没有系安全带，头部受到撞击，陷入昏迷，直到现在才清醒过来。

朱鹤的电话一个接一个，俞笑便让他赶快回公司，俞笑的妈妈帮她去买最想喝的肉骨头粥。她住的单人间病房一下子只剩下她自己一个，这时主治医生又进来："俞小姐，忘记告诉你，这次没有伤及你肚子里的宝宝，真的很幸运，前三个月很关键，注意点儿。"

自己怀孕了？俞笑有些蒙，主治医生快出门的时候她才说："医生，怀孕的事能不能不要跟我家里人说。"主治医生面露不理解，俞笑补充，"我想亲口告诉他们。"医生笑笑走了，他一开门，宋诚正站在外面。

"你怎么知道我住院了。"俞笑很好奇。

"那天我就在你后面。"宋诚不客气地拿起桌上的橘子，剥开，吃了起来。

"所以，所以那天我昏迷前是真的看到了你，不是我的幻觉。”俞笑好像在自言自语。

“是的，很抱歉，我跟踪你了。”

“我反而要谢谢你送我到医院。”

宋诚有些尴尬，俞笑接着说：“你为什么要跟踪我?”

“我觉得你有我不知道的东西。”宋诚并不打算隐瞒。

俞笑点了点头：“但我现在还不能告诉你什么。”她看着宋诚，“但我以后肯定会告诉你的。”俞笑想起当年自己的懦弱，让一个无辜男生赔上了自己的人生，倒吸了口冷气。

每一个人都有秘密，每一个人也都有他喜欢做事的方式，宋诚很理解俞笑：“我只是担心你的安全。”

“不是，不是你想的那样，我现在不说，只是我还不知道真相，但已经有些眉目，而且这件事，也只能由我来做。”

这时俞笑的妈妈进来，俞笑赶忙介绍宋诚是她的一个朋友。她让宋诚去外面等一下，便在病房里换了衣服。她跟妈妈说病房空气不好，要出去走一圈，让妈妈帮她看好东西，顺便凉一下滚烫的粥。

房间外温度很高，俞笑却感觉很舒服，尤其是灼热的阳光，平时晒在皮肤上感到窒息，但此时却让她感到活着的美好、生命的可贵，但王大宇再也没有这样的机会了。

宋诚站在大楼下的树影下，见俞笑又递给他一个橘子，笑了笑。

“四年前，你为什么一直问我有没有看到往北跑的人影?”时光不可逆转，不管有多么懊悔，俞笑都无法让现在的自己回到四年前宋诚几次询问有没有看到一个人影的场景，如果当时知道那么多事情，是不是就会毫不犹豫地说“看到了”，俞笑并不确定。

“因为王大宇在第一次口供时说他是听到了张怡然的求救才过去的，到的时候发现张怡然已经被刺倒在地，他看到有一个人影朝北跑去，一闪不见了。”宋诚说出这些，他想起了王大宇当时说话的样子。

她早就料到了，否则四年前宋诚怎么会一次次地问自己：“第一次口供？那么后来他改供了？”

“是的，刚开始他坚称自己是被冤枉的，他没有杀人，他说他根本就不认识死者，同时他立马拨打了‘120’求救电话，想救死者，之所以会待在那里，是因为张怡然求他，她说很冷、很害怕，求他不要离开，于是他扶着刀，以减少她的痛苦，最后抱着她，给她温暖，因此留下了指纹。”

宋诚拿出一包烟，取出一根，抽了起来，重重吸了几口才似乎才留意到俞笑，尴尬地笑了笑，俞笑也对他笑了笑，二人沉默片刻。

“所有的证据都指向了王大宇，死者张怡然是原国策地产老板张雄的独生女，国策又推进了瓦胡同地块拆迁，王大宇的叔叔和堂弟就是因为拆迁而死于意外，这个关系，不管谁看上去都会怀疑王大宇是不是为亲人复仇，物证和你的证词都指向了他，所以他的形势非常严峻，瓦胡同那里既没有其他证人，又没有摄像头，无法证实他口中神秘的第四个人是否存在。警方做了最大努力去寻找这第四个人，但没有任何线索，更没料到几天后他改供了，承认谋杀，但我们还是尽全力寻找证据，想让真相大白，因为如果真的存在第四个人，那么他就是整个社会的不安定因素，但是在这样完美的证据链面前，王大宇一口咬定是自己做的！法院只能根据证据来判决。”宋诚一口气说了很多，四年前办案的种种艰辛再次涌上心头，显得有些无奈。

俞笑静静听完，里面很多细节都是她不了解的："白色衣服男人的背影。"

"你说什么?"宋诚心中一凛。

"一个穿白色衣服的男人的背影。"俞笑的声音有些颤抖，她闭上了眼睛，眼泪不可抑制。

"那你当时怎么没说，我问了你好几次。"宋诚带着怒气，几个路人，见到他们都躲得远远的，别人一定认为他们是一对吵架的夫妻。

"那天很暗，我又极度恐惧，也不知道那个人影到底是不是幻觉。"俞笑对自己这个理由也很是鄙视，她笑了笑。

"那你至少也要说明情况，这样我们警方才能掌握最全的信息，还原更多的事情真相。"

"抱歉。"俞笑说完就转身走了。

第十四章　真实版的《死神来了》

这简直是真实版的《死神来了》。他女儿张怡然七年前冬日落水，险些丧命，地点就在瓦胡同桥上。

朱鹤走到总裁办公室，输入密码，门开了，他进去，随后开了灯，走到窗前看了一眼熟悉的城市，打开窗，风有些大，早上天气还算不上炎热，正适合让房间换下空气。

秘书小朱敲了门进来，把咖啡放在桌上："咖啡机供应商送过来试用的，我们都喝过了，感觉很不错。"

"好的，我知道了。"

"朱总，您夫人还好吧?"

"哦，她昨天出院了，没什么的，运气还算好。"朱鹤拿起昨天放在桌子上的一沓请款单，在上面签字，签完又看了看。

难道有问题? 小朱有些忐忑，这是他成为朱鹤秘书的第五十二天。前一任在为朱鹤服务一年又五个月后，被提拔到了下属的旅游公司担任办公室主任去了，因此总裁秘书在永盛集团内部被看成升职加薪的捷径。小朱去年毕业，进入永盛集团总部办公室，在前任秘书走后，资历尚浅的小朱就被朱鹤钦点为秘书，外面有人觉得他们两个同姓朱，谣传小朱是朱鹤的亲戚。而事实上，小朱之所以被选中，只是因为他是男的。朱鹤在日常已经越来越觉得有一个男秘书的重要性，撇开日常不必要的麻烦不说，男秘书在家庭牵绊、出差、饭桌酒席上都有着比女秘书更好的配合度，当然这一切都是针对领导是男的情况来说的。

过了几秒，朱鹤抬头看着小朱："怎么没有四季云端项目的餐饮报销，我记得让项目总去宴请过总包，让他们帮我们加快施工进度，过段时间，江城会迎来台风季，专家说了今年是大年，有好几个台风，我们不加快速度，进度会被延误，到时候不能交房，不但有交付风险，还有安全风险。"

"我问过，项目总说已经请过了，只是，"小朱迟疑了几秒，"只是项目总说，吃饭的钱是对方付的。"

"多少钱？"

"应该是按照人均五百元的宴请标准，大概有十个人，加上酒水七千元左右。"

"简直是胡闹，怎么可以让他们请，项目总不知道，这些钱最后不但会摊给我们，更会给人家留下把柄，永盛公司是严禁让乙方宴请的。"

这责任并不是小朱，朱鹤也觉得自己有些着急了，缓下语气说："以后这类事情要及时提醒，然后你去把这件事记下来，年底考核记上去，给项目总打电话，不管他用什么办法，都让他把钱给我补上，拿发票来报销。"

小朱想起刚刚打印的合同忘记拿进来了，便到了打印房去取，这是一份与美国奢侈酒店合作合同，合同在两天前双方律师反复商讨斟酌后敲定，朱鹤即将前往美国签约，没想到这次这么迅速。

可打印机出现了问题，本来总裁办的打印机是全公司最好的，但朱鹤上任后，却主动和技术部换了打印机，所以现在总裁办的打印机时好时坏，小朱花了十几分钟后才打印好。刚打开总裁办公室的门，一个东西飞了过来，差点儿砸到他，把他吓到了，是个手机，碎在地上。他看到朱鹤阴沉的脸，这是他第一次看到总裁发火的模样，显然朱鹤并没预料小朱会进来。小朱低着头把合同放在桌上，立马转身。

“把地上的东西拿出去扔了。”

小朱仿佛得到了特赦，快速捡起手机，头也不回地走了出去。

这是最新款的手机，被砸得不成样子，小朱叹了口气，有些心疼，他在垃圾箱那里犹豫了一会儿，最后还是扔了进去。

几分钟后，他接到朱鹤的电话，询问手机在哪里。

“在您电梯旁边的垃圾箱里。”他万幸没有打这个手机的主意，在随后起身倒茶的空隙，他看到了朱鹤在翻垃圾箱。

“你刚出院，我来收拾吧。”朱鹤对俞笑说。

“没事，我早就好了，我来。”俞笑并没有停下，她细心地帮朱鹤收拾行李，今天晚上他就要出发去美国了。

“这次怎么那么迅速，快得简直不像一家奢侈酒店的作风。”俞笑打趣道。

“是有些奇怪，可能他们觉得中国市场太庞大，再错失，以后就再也进不来了。”朱鹤从背后抱住了俞笑。对妻子俞笑，他非常满意，记得有一次他和董事长闲聊，董事长曾用“上得了厅堂，下得了厨房”来夸奖俞笑，这样的妻子无疑在职场中是加分项。

“快去洗澡吧，头等舱也洗不了澡呀。”俞笑拉着朱鹤的手来到浴室，帮他放好水，帮他脱掉衬衣……

记得刚结婚时，俞笑像照顾孩子般关心朱鹤，让他躺在沙发上看电视，给他剪手指甲和脚指甲，用精油按摩他打球受伤的肌肉，自然也包括每次帮他放好洗澡水，准备好要换洗的内衣……只是不知从什么时候起，她慢慢地没那么贴心了。

俞笑从浴室出来，关好门，走到行李箱旁边，继续刚才的收拾，不时抬头看向浴室，听到水声，她拿起朱鹤的小公文包，从里面的暗格拿出一把小钥匙放入自己左手口袋，然后从右手口袋里拿出一把类似的小钥匙放入小公文包。

朱鹤洗完澡没多久，秘书小朱就来敲门，说司机已经到了。朱鹤跟着出门，又折回屋内拿起小公文包。俞笑看到朱鹤拿出小钥匙，往书桌方向走去，她的心提到了嗓子眼。她看了一眼小朱，冲书房喊：“朱鹤，快点儿，要来不及了，今天高架特别堵。”朱鹤果然停住了，然后出了门，一只手将小公文包塞到了行李箱内。

放好行李，朱鹤亲了一口俞笑。俞笑在楼下看着车缓缓驶出她的视线，她立马上楼，一关房门就拿出那把小钥匙，走到书房，准备打开书桌。

在即将打开的时候，俞笑停住了，她又锁上了。她打开手机，选择了导航软件，输入机场，然后选择导航，系统用磁性的声音告诉她：“本次导航大约需要45分钟。”俞笑看了一下时间，现在是北京时间18点25分，朱鹤也就是大约19点10分到达机场，航班是20点30分起飞，国际航班是提前一小时检票。朱鹤作为头等舱旅客，会在19点30分进场候机，俞笑提醒自己不要着急。

可是越在意时间，时间就会过得越慢，俞笑感觉自己无法冷静，按照计划，她将打开朱鹤的抽屉。这个抽屉，朱鹤从来没有给她看过，即便去年春节前大扫除，她说要帮忙整理下，朱鹤笑着摇头说不用，然后夸她贤惠，作为永盛集团的总裁，他抽屉里放些商业机密的文件也实属正常。

俞笑下了楼，出了小区，走到一家新型超市，她想这样打发时间，这家超市这段时间非常红火，里面是没有任何一个营业员和收银员的，只要客户选好商品，甚至不用拿出手机，在出门的那一刻就能自动通过手机上的 APP 完成支付。她在里面选了一个泰国产的泡面，已经很久没有吃泡面了，尤其这种咖喱味的。走出超市，她又在隔壁水果店买了榴梿，朱鹤很不喜欢榴梿，几乎闻到榴梿味就会全身不舒服。

好不容易将时间熬到了 19 点 30 分，她自己也出了一身汗。俞笑拨通了司机的电话，用寻常语气询问朱鹤是否到了机场，司机回复说已经送到了，并且他把行李办理了托运，看到朱总和小朱二人检票进场候机，他才离开机场。

俞笑心情忐忑，电梯似乎也明白她的心情，难得晃动了几下，她知道自己是害怕抽屉里会出现不想看到的东西。

没有的，肯定没有的。俞笑默念，但万一有呢？

很容易打开了抽屉，里面没有想象中那么多东西，只是一些纸质文件、几张银行卡、一本相册和一个笔记本，俞笑拿出手机，拍了照，这样等下她复原的时候就方便多了。

纸质文件是朱鹤的个人劳动合同，里面有他的年薪、奖金和股份的约定。几张银行卡，俞笑看一眼就知道，是某些供应商送的。相册是朱鹤小时候的照片，他小时候五官就很端正，但随着时间流逝，他身上的迷人气质愈加明显。相册最后一张照片是他第一天到永盛集团举着工号牌的模样，看上去有些傻气。令人吃惊的是，俞笑居然在里面看到了自己的相片，虽然只有一张，但足以舒缓她紧张的情绪。笔记本里是朱鹤的日记，这应该是最有价值的，可是随着俞笑的翻阅，这个日记非常正常。他的第一篇是讲述他到一家五星级酒店实习的模样，那时他对五星级酒店充满了尊荣感和好奇，他怀着忐忑的心情进入那家酒店，讲述了他的实习工作和心态。之后几篇也都是有关于酒店实习的，记录了对工作的心得、对客人心态的把握及对酒店的建议，俞笑发现这家酒店属于永盛集团，也是她和朱鹤结婚的酒店，原来婚礼酒店这么有意义。日记并非天天记录，只有遇到了他新的领悟他才会写上去。俞笑并不想窥探别人的隐私，即便是自己的丈夫。她把日记本翻到最后，想看看四年前的记录，但都很平常。最后两篇是他结婚前的心态，原来朱鹤也知道自己是个万人迷，却依旧感谢俞笑出现在他的生命中，他甚至知道相识阶段俞笑为他做的傻事，这段愉快的记忆让俞笑暖心。最后一篇日记写于半年前，写了他们的婚姻因为没有孩子所带来的困扰，但他相信夫妻之间最重要的还是两个人，如果上天给他们怀上孩子的机遇，他将全心感谢，但如果没有，那么他也要和妻子好好相伴走完人生。

俞笑看得泪流满面，她自责仅凭当年一句撤回的 QQ 信息，怎么会将邪恶之事联想到丈夫。

她重新按照手机拍摄照片摆放的模样，复原，然后删除照片。

刘欣最近忙得一塌糊涂，但却乐在其中，工业园的房子一挂到二手市场，没过几天就卖了，而春江花城的房子过户非常顺利，永盛集团工作人员虽然嘴上不说，但心里明白刘欣与总裁朱鹤的关系非比寻常，招待非常客气。拿到房产证后，她就立马前往春江花城片区的小学，询问现在户口迁过来是否能正常入学，学校教导处主任拿出了刚刚对片区适龄儿童的调查表，说被录取是大概率事件，即便没有被录取，他们分流出去的那所小学也离春江花城非常近，教育质量同样很好。

刘欣希望能够分流到另外一所小学，她潜意识里总觉得整个小区就属他们家家境最差，接收房子那天，她和丈夫坐了公交车，由于小区门口没有公交车站，他们两个硬是走了一点三公里才到春江花城小区。小区物业非常严格，保安对他们进行了盘问，在此期间，门禁一共进出八辆汽车，其中一辆保时捷，三辆宝马，奥迪、奔驰各一辆，剩余三辆不是锐志就是雅阁。因此她觉得住这里，是高攀了，那所知名的小学里面家长肯定都非贵即富，如果学校里有攀比之风，那么对孩子无疑是场灾难，可能分流到一所差一点儿的学校反而是个好选择。

今天下午，刘欣特意安排半天时间来书店，给儿子军军购买幼儿园升小学的教材，可不能落后在起跑线上呀。上一次来书店还是高中时和俞笑来的，一晃那么多年过去了。刚想到俞笑，她竟然真的看到了俞笑，刚要去打招呼，恰好餐厅来电，一般没急事是不会给她打电话的，等她指导好餐厅的营业员，俞笑已经埋好单走人了。刘欣走到收银台，看到了一张购书清单：

1. 怀孕圣经：55 元；
2. 西尔斯怀孕百科：45.8 元；
3. 怀孕胎教知识百科全书：36.8 元。

“这是刚才那个顾客买的？”

收银员瞟了一眼清单，面无表情："是的，小姐，你一共消费了 189 元。"

十米之外的停车场，俞笑把刚买的书小心翼翼放到副驾驶位上。她感到非常幸福，摸了摸肚子，等朱鹤一回来就告诉他，让他也感受初为人父的喜悦，这真是这个世界上最美妙的事情。

"你订好了周日去苏州的高铁票了吗?"小兰边整理衣服边问宋诚，却看到宋诚愣愣地盯着电脑屏幕。小兰凑过去看，他在看一个"前江城首富国策创始人张雄，四年内接连痛失爱女和爱妻"的帖子。

宋诚一口气一字不拉地读完了整个帖子。

这是江城本地论坛上的一个帖子，发帖人以知情人的身份，说前国策地产创始人张雄的妻子任燕于几日前自杀身亡，为这个前江城首富家庭新增了神秘、悲剧色彩。帖子回顾了张雄的发迹史，他与妻子任燕共同创立了国策地产，几年后就成为江城房企的"领头羊"，坊间送他江城首富的美誉。可惜在瓦胡同拆迁中，酿成二人死亡的意外事件，而死者王某更是张雄的发小，随后他们夫妻卖掉国策地产，带着女儿赴美求学，这在当时引起了轩然大波，坊间传闻不断，但四年前厄运开始降临，他们唯一的女儿张怡然在回国第二天清晨被人捅死在瓦胡同拆迁区，死亡地点就是当年王某发生意外的地方，而凶手竟然就是王某的侄子。痛失爱女的夫妻，将美国房产全部变卖，回到江城，二人热衷慈善事业，但任燕却因思女过度，患上抑郁症，虽然一直在治疗，但最终还是选择了自杀。

看来发帖人真的很熟悉张雄一家，至少宋诚所掌握的情况完全对得上，时间地点都没有差错，宋诚想起那个晚上所见到的任燕，当时她双眼已经失去了光芒，她失去了人生所有的意义和价值。

除了几个将买不起房子的缘由都怪罪于房地产商的网友，用“奸商自有恶报”“啃食人民的万恶房地产商”的偏激言语回复，更多网友同情这个不幸的家庭，不少国策地产的住户在底下发起了“哪年买了哪个小区”的回复，他们普遍对国策地产项目的品质和物业表示认可。

就在这么一系列回复中，宋诚看到了一个回帖：这简直是真实版的《死神来了》。他女儿张怡然七年前冬日落水，险些丧命，地点就在瓦胡同桥上。

宋诚全身一颤，他立马拨通了郑新的电话，要他立刻查出发帖及跟帖人的身份。郑新旁边的李珊珊正在整理资料，她站起来站到郑新后面，郑新马上找到了帖子：“宋队之前对网上信息不是很敏感，上次还说网上很多都是键盘侠，打着内幕人士的幌子说一些不着边际又故弄玄虚的话。”

“他最近有些反常，前段时间本来要去中学做普法宣传的，却在半路把我扔下了，那天市里领导好几个，幸亏我冰雪聪明，临危受命，否则他那小样儿不知道要写多少检查了。”

说归说，郑新打了几通电话后，已经锁定那个发帖者和跟帖者的信息。发帖者 IP 竟然来自国策地产的办公室，而跟帖者 IP 是某个网吧，宋诚收到信息，起身准备出发。

小兰忙说：“今天不是调休吗？”她好不容易说服宋诚前往婚纱之乡——苏州采购婚纱，其实婚纱只是小事，在她眼里，结婚了自然会有婚纱，只是好看与难看的区别，跟宋诚的短途游才是她真正的期待。

“有急事。”

第十五章　丈夫的日记

有那么一瞬间，她想如果自己只是看到了朱鹤的日记，而不知道王大宇的事情该有多好。

“我跟你说，警察同志，我真的是出于对老领导的关心。”在国策地产 IT 工程师的帮助下，发帖者是国策地产行政部一个四十多岁的专员黄强，他有些胖，衣服上都能看到一些污渍。

“张雄、任燕早就不在你们公司了，你是怎么知道他们近况的。”

“公司就那么大，我们同事聊天说来说去总喜欢说领导的事，何况张总、任总离开了，我们怎么说都不用顾忌，所以也会说起他俩，前几天我们小范围聚餐，就有人说了起来，我是听销售部的顾争说的。”

“那你听说过张雄的女儿曾经掉进水里的事情吗?”

黄强说的话在顾争那里得到了验证，只是顾争同样不知道张怡然曾经落水的事，而他之所以知道张雄家那么多事，是因为他跟张雄有些亲戚关系，当时进国策地产也是因为这层关系才进来的。

宋诚有些无奈，他曾亲眼见过张雄失去女儿时作为一个父亲的那种悲痛，但此时，曾经受过他恩惠的旧同事却在网上将他的伤心事一件件摆到了公众面前，对失去女儿、妻子的人来说相当残忍，无论是黄强还是顾争，他们之前都觉得张雄是高高在上的人物，但当他真正遭遇不幸时，他们总会拿出同情的表情，而内心说不定是在说，你看，赚那么多钱、爬那么高也不一定是好事吧。这就是某些人的人性吧。

跟帖者的IP地址位于闹市区，宋诚第一次进入网吧，跟读书时代的网吧相比，在他看来，无非就是多放了几张沙发，位置更加宽阔，还提供了口感很差的炒饭、炒面服务而已。网管看了IP地址，说那个位置就在靠窗的角落，根据发帖的时间，宋诚查看了实名登记记录，却意外发现那台电脑那个时间段根本没人使用过，然后他调取监控，也发现了奇怪的事情，那个位置虽然靠窗，也谈不上偏僻，但几个摄像头就是没有关照那里。

“前天中午十二点十分，有没有人坐在那里，有印象吗?”

瘦瘦的、高高的网管叫孙哲，他想了想，说：“中午我们客人一般都比较少，客人也喜欢往网吧前面坐，方便叫吃的、喝的，前天中午，那里应该是没人的。”

“那怎么会出现上网痕迹，你确定这个IP地址就是那台电脑吗?”

孙哲从抽屉里翻出一张发黄的A4纸，指着里面的电脑编号和IP地址给宋诚看：“您看，编号和地址确实都在这里，何况前几天我还修过这台电脑，确实是这个IP地址。”看着宋诚疑惑的表情，孙哲补充说：“再说了，来我们这里上网的都是年轻人，不管男女都是来打游戏的，现在用电脑看视频的都很少，还会有谁去发帖子，给帖子留言呀。”

宋诚给了孙哲一张名片，告诉他如果想起什么联系他，他本来想问些专业的问题，例如有没有可能通过其他电脑连上这台电脑进行网络登录的可能等，但想到这些问题还是咨询网管科的比较合适，便上了车。

“再说了，来我们这里上网的都是年轻人，不管男女都是来打游戏的，现在用电脑看视频的都很少，还会有谁去发帖子，给帖子留言呀。”

宋诚想起自己根本就没提起过帖子，他将车驶回网吧，快步上楼，却已不见孙哲，收银员说孙哲刚刚请假走了，从窗户往下望，果然看到他背着挎包往马路方向走去。

宋诚跑下楼，追了上去，孙哲发现背后有人追踪，便开始跑，在拐过几个巷子后，孙哲跌倒在地上，被宋诚一把压住。

“为什么要跑?”

“是你呀，我，我前段时间欠了点儿钱，还以为有人来追债呢!”

“你就是那个跟帖者吧。”

“你说什么，哦，我不是，我怎么可能。”

“我根本就没说过是发帖子的事情。”

孙哲一副倒霉的表情，瞥了一眼宋诚，宋诚把他从地上拉了起来。

“又不是什么大事，我不过是想了解些情况罢了，你跑什么跑，难道张怡然是你杀的。”

这小子这一下就急了：“我可是，可是一个好人，好吧，我说了，帖子是我回的，但是你来了我就怕了，万一把我冤枉成杀人犯怎么办。”

原来孙哲是张怡然的同学，少年时期曾偷偷喜欢过张怡然，跟踪过她几次。

“这也叫喜欢?”宋诚觉得好笑，喜欢一个人就去跟踪她?这不符合宋诚的价值观。

“这怎么不能叫喜欢呢，喜欢就是想强烈占有某人的欲望。”孙哲对宋诚的耻笑不以为然。

“说小了，你这是自私自利；说大了，你这是侵犯别人的隐私。”宋诚有些生气。

孙哲很知趣，不说话。

“张怡然掉进河里是真的吗?”

“当然，你以为是我编的，那时候我可喜欢张怡然了，她人长得漂亮，家境又好，经常有我们没有的玩具，但她也不小气，我们想玩就会给我们玩。我给她写过几封情书，说了以后要跟着她爸爸、妈妈一起去巴黎看埃菲尔铁塔、去悉尼看歌剧院、去美国看大峡谷，可是她都没给我回音，我很生气，她明显是嫌贫爱富，给我真挚的爱情加上了铜臭味。我知道周六她会在学校出黑板报，就在校门口等她，谁知那天出了校门她上了一辆车。”

“以她的家境，上下课有车接送不是很正常嘛。”宋诚看这个小子很不顺眼，不知不觉插上一句。

孙哲不以为然：“那是辆很破的桑塔纳，当时同学们都说张怡然家金碧辉煌，她家怎么可能用这种破车来接送她，所以我觉得奇怪，搞不好是什么技校、中专的小混混把张怡然给骗了，就跟了过去。车没开多少路，车上二人发生争执，张怡然从里面摔门而出，那个男的追了出来，比我们都大。”

“是小混混吗?”

“不是，绝对不是小混混，相反，他气质很好，又很帅，像我们这样的人跟他站在一起会自惭形秽的。”孙哲故意把“我们这样的人”几个字咬得很重，看到宋诚全无反应，心里有些失望。

“我祈祷他们赶快吵崩吧，可谁知他们说了一会儿又和好了，然后他们又进了车子。我很好奇，拦了一辆出租车跟了上去，一直祈祷他们赶快吵架，还别说，他们真的在瓦胡同又吵架了，怡然哭着跑了。这时我犹豫着要不要跟上去，因为我怕被那个男的发现。估计有一分钟，突然前面传来呼叫，说有人跳河了，那男的跑了过去，我也跟了过去。这男的二话没说脱了外套就跳下河，我还在人群里找怡然，等男的救上人，我才发现跳河的是怡然。”

孙哲迟疑下，想抽烟，可从口袋里拿出的烟盒是空的。宋诚拿出两支烟，递给孙哲一支：“然后呢？”

“怡然发现了我，就从那个男人手里挣脱出来，紧紧拉着我的手，那个男人就走了。我送怡然回家，谁知道第二天就上新闻了，说那个男人是无名英雄。呸，我写了封信去抗议，可是报社没理我。”

“怡然跟你说了什么？”

“没，她一直哭，然后天气冷，还抱了我，当时谁还有心思说话。”

“那个男人什么样子，你还记得吗？”

孙哲抓了抓脑袋：“你还别说，我真见过，还是不久前的。”

宋诚又递给他一支烟，还帮他点燃：“好好想想。”

许久后，孙哲叹了口气：“我真的想不起来。”

“你想起来给我打电话。”

孙哲一脸吃惊：“这就完了，你不是来抓我的吗？”

这把宋诚逗乐了：“我抓你干吗？”

“那我不是白跑了？”

俞笑这几天不想见任何人，因为她对自己感到失望和自责。

看到朱鹤的日记后，俞笑起初非常甜蜜，因为婚后她对自己能获得丈夫的爱并没有多少信心，仿佛是梦中的幻觉，但日记却真实记录了丈夫对自己深藏的爱，尤其是最后那篇，“即便没有孩子，也会始终深爱妻子”。她热泪盈眶，恨不得立即告诉朱鹤自己已经怀孕。在欣喜过后，她又一次想到了王大宇。有那么一瞬间，她想如果自己只是看到了朱鹤的日记，而不知道王大宇的事情该有多好。

这一闪而过的念头，让她对自己感到失望和自责。她无法理解自己，为什么会有这么龌龊的念头，王大宇默默为自己牺牲那么多，而她却在心里希望和他撇清关系。

但她和王大宇真的就是两条平行线，他到底为什么要这么做？这到底是不是真的？

俞笑虽然不想见人，但有一个人却很想见她，那就是宋诚。宋诚原先是准备等俞笑主动找自己，但随着对任燕自杀和张怡然新情况的了解，宋诚预感，俞笑才是整个事件的核心。

四年前的案件审判没有任何问题，即便对案件有异样感觉的宋诚也是如此认为，因为任何一个人对事情都会有自己的看法，而法律讲究的是事实，瓦胡同案件正如宣判词那样：证据充分，犯罪人王大宇供认不讳。

四年过去了，证人突然说出和当年不一样的证词，而新的情况也随之而来，他深知，作为人民警察就是要查出事情真相。

郑新走过来说：“宋队，有个洗剪吹找你。”

“洗剪吹？”宋诚皱了皱眉。

郑新后面蹦出一个李珊珊，捂着嘴，努力抑制住笑：“你自己去看吧，快去，快去。”

宋诚一进门就看到一个头顶“七色彩虹”的男人坐在那里，

其他人都偷偷盯着他发笑。宋诚还真一眼认不出他是谁，难道是四年前那个打破夜宵摊碗和杯子的混混。

“你是?”

“别呀，哥，前几天我们还见过面，你不是还给我点过烟吗?”那个人咧开嘴巴，一副嬉皮笑脸。

“孙哲?”宋诚还不是很确定。

“对呀，贵人多忘事。”还没等孙哲说完，就被宋诚拖进办公室，关好门，从门上的玻璃看出去，还有几个人在偷笑。

“你头发怎么弄成了这样?”

“哥!”

宋诚立马打断：“别叫我哥，有什么事?”如果可以，宋诚想下逐客令。

“我想起来了，那个男人是谁。”

俞笑没想到敲门的是宋诚，一个警察知道你住在哪里不是很正常吗，她随后想。

俞笑让宋诚坐在客厅沙发上，她打开冰箱，里面没什么，从底部拿出一瓶装咖啡的饮料，最后保质期是昨天的，无奈只能倒了杯水，端到客厅时她看到宋诚正看着墙上挂着的她的婚纱照。

“你们的婚纱照拍了吗?”

“哦，那个还没。”

俞笑端坐在宋诚前面，宋诚说：“你现在可以告诉我，你掌握的情况了吗?”

俞笑在厨房倒开水时已经预料到宋诚的来意，她轻轻摇了摇头。

片刻沉默，门外传来邻居教训狗的声音，持续了好几分钟，两个人很有默契地保持沉默，门外的邻居终于牵着他的狗下楼了。

“是不是跟你老公朱鹤有关?”

俞笑愕然，她没想到宋诚会提到她的老公，她的脑子快速转了一遍，到底是哪里出现了问题，表情很平静：“我不知道你在说什么。”

“四年前的死者张怡然和朱鹤认识。”

“啊!”这出乎俞笑意料。

宋诚一直观察着俞笑的表情，她比想象中要知道得更多。

俞笑意识到自己的失态：“我在想，这个好像不怎么可能吧，或许，可能……”

宋诚直接打断了俞笑的话：“张怡然的妈妈，任燕，不久前自杀了。女儿死后，她饱受精神痛苦，度日如年，不久就患上了抑郁症，她的主治医生王维也没有挽留住她。”

俞笑张大了嘴巴，但发不出任何声音，张怡然的妈妈自杀了，原来她就是王维口中自杀的患者，支持他成为卓越心理专家的资助者。

宋诚于心不忍，他知道俞笑曾多次寻求王维的帮助，也担心这样的突击会加剧俞笑的心理负担，但没有办法，他必须这么做。“王大宇高中坐牢时，有一个相依为命的奶奶，王大宇进监狱后，她奶奶不久就撒手人寰了，死前都没看过孙子一眼。”

俞笑捂住了耳朵，哭喊着：“你别说了，求你别说了，求求你了。”俞笑抱头痛哭。

宋诚拿起纸巾递给俞笑，不料被她推倒。她站起身，拉住他的衣服往外拉：“你这个骗子，你骗我，你说的都不是真的，你快走，快走，我不要见到你。”

俞笑歇斯底里地嘶吼，宋诚站起来被她推到了房外。

俞笑用尽全身力气关门，那声响整栋楼都能听到，有几户在家的老人把头探出窗户，看看出了啥事。

宋诚下了楼，站在楼下的树荫下，想点一支烟，可是打火机怎么都打不了火，他盯着俞笑的窗户看，过了很久，叹了口气，离开了。

朱鹤的妈妈躺在病床上，埋怨老伴怎么把儿媳俞笑叫来了。

朱鹤的爸爸不满地说："她又没在上班，也不用带孩子，家里所有的钱都是由我们鹤鹤挣的，婆婆摔伤了，让她来照顾下难道有问题？"

朱鹤妈妈让老伴儿小声点儿："我们可以找一个陪护，我看隔壁床的那个陪护挺好的，隔壁床下午就要出院了，你跟她去说说，来照顾我几天。"

俞笑刚办理好婆婆的住院手续，把所有的资料塞到一个卡包，快步走向病房。婆婆是今天早上买好菜，上楼时，看到一个很久没见的老邻居，一时高兴，想走得快点儿，没想到居然踏空了，从楼道上摔了下来，左小腿骨折。当俞笑赶到医院时，婆婆刚出急诊，她便去办理住院手续。

见俞笑进来，朱鹤爸爸说："笑笑，你妈说想要找一个陪护。"虽然老伴儿使眼色努力想制止他说话，但他当作没看到："可是我想着，外人怎么能有自己人照顾得好，要不你来照顾你妈，我会每天把一日三餐给你们送来的。"

俞笑这几天精神很不好，没听明白："爸，你再说一遍好吗？"

朱鹤爸爸非常生气，觉得她是故意的，阴沉着脸，准备发作。老伴儿突然叫了一声，说腿疼，让老伴儿赶快去叫医生，然后跟俞笑说："笑笑，你快回去吧。这里有你爸爸，你要不回家帮我拿下换洗的衣服和日用品，早上来得太急没拿。"朱鹤妈妈想着等老伴儿来了，她会说服他找一个护工的。

俞笑驱车前往婆婆家，停好车，往楼道里走，开门时听到后面有人在叫她。

"是老朱家的媳妇吗？"

俞笑回头，是一个看着比公公小几岁的男子，她脑子里盘算着该怎么称呼，不由停下了开门的动作。

"你婆婆腿怎么样了？"

"没事，医生说住十天院就可以回家了。"应该是邻居，但俞笑没有印象，"您是？"

"哦，我姓张，以前也住这里，后来去了外地，好多年没有回来了，今天特意来看看，所以你没见过我。"

俞笑不知道该怎么说，面对不熟悉的长辈，她总感觉自己的语言能力在顷刻间退化了。

幸亏这个张叔叔接着说："鹤鹤这几天出差去了吗？"

"去美国了，可能需要好几天才能回。"俞笑喜欢这样一问一答的聊天模式。

"我明天早上就走了，哎，又见不到这个小子了。"男人言语之间透露着遗憾，俞笑猜想张叔叔和朱鹤关系不错。

"我离开那年，鹤鹤刚读完研究生，然后被保送读博，现在该叫他朱博士了。"

俞笑有些尴尬："他没去读博，研究生毕业后就回来了。"

张叔叔一脸不相信。"没读？不可能呀，那天他拿着录取通知书很高兴地跑过来跟我说要去读的。"张叔叔又问了一遍，"他真的没去读博呀？"

俞笑点了点头，张叔叔指了指对门："我们家以前就住这里。我们两家关系很好，鹤鹤那天就站在门口跟我说的，本来还想聊聊，谁知他同学把他叫出去了。"

俞笑笑了笑，转身，她不能耽搁久了。

"难道是老朱不同意。"张叔叔犹豫了一会儿，突然嗓门大了起来，"肯定就是老朱了，那天鹤鹤刚走没多久，就有一个女人找到了这里，说这里是不是有一个姓谢的大学生在做家教。我说没有，随后她给我看了照片，我一看那不是鹤鹤吗，老朱就把那个女人请进了屋。我当时忙着搬东西也没留意，后来女人走了，鹤鹤回来了。父子二人吵了起来，老朱发了很大的火，肯定是老朱不让鹤鹤读博士了，但老朱之前一直说会供到鹤鹤读完博士的，哎，怪可惜的。"

俞笑没有心思去理会那么多年前的事情，眼前的事就让她头疼："张叔叔，你别替他遗憾了，现在他过得很好。"

"对对对，看我老糊涂了，鹤鹤娶了一个好媳妇。"

俞笑看到张叔叔走了，她收起了笑容，开门进屋，整理好婆婆的衣服，拿好毛巾、牙刷、脸盆等日用品，路过朱鹤当时的房间时，她停住了，然后放下手上的东西，走了进去。

朱鹤结婚后，公公、婆婆早就将他的房间弄成了储藏室，里面放了很多被子和箱子，一看被子、箱子的颜色和花式，俞笑知道这是公公、婆婆结婚时用的。房间并不大，一眼就能看出当时的格局，一张床、一个床头柜和一张书桌。俞笑打开了书桌，里面除了几张考试试卷什么都没有，想想也是，婆婆有洁癖，即便朱鹤留下了什么，四年的时间里也被婆婆清理干净了。

试卷共有四张：一张是朱鹤六年级第一学期的期中数学考试，一张是初二的自然科学第八单元测试，还有两张是高三模拟考试的数学和英语试卷，朱鹤都得了满分，果真是学霸。

这几天她度日如年，那天宋诚走后，她想过最坏的情况，每一次这么想，都让她感到窒息，脑子无法转动，最后她得出一个结论，就是她不知该如何去面对。

她重新整理好四张试卷，放入抽屉里，却发现，抽屉的宽度竟不足以放下半张试卷。俞笑检查了一下，她发现书桌的大小和普通的并无区别，她将整个抽屉取下来，里面竟还有一个暗格。她小心翼翼地把暗格拿出来，打开前，她深吸口气，但还是没有勇气打开，又放了进去，随后又拿出来，如此往复了几次，最后还是闭着眼打开。

“啊！”她叹了口气，谢天谢地，里面什么都没有。

俞笑听到外屋有声音，她全身紧张，难道是贼？她越想越害怕，身边没有一个防身的东西，随手抓起桌子旁边的小椅子，蹑手蹑脚地挪向门口，双手高高举起。那个人突然出现，正当俞笑准备全力以赴砸过去时，却发现是自己的公公。

“爸，你怎么来这里了。”俞笑大口地喘着气。

朱鹤爸爸的眼睛直勾勾地盯着房间，有些心不在焉，吞吞吐吐地说：“我来看看有什么要拿的。”

“你没车，怎么过来的，给我打个电话就好了。”

“你怎么那么多废话，谁让你来这里了。”朱鹤爸爸生气地转身离去，在俞笑看不到的地方，嘟囔了一句，“真是老糊涂了，早就没了。”

第十六章　少女的心事

她比任何人都需要别人的关心与呵护，尤其是父爱，但她又不需要这些爱，因为她非常害怕得到后会失去，那简直比没有得到过还恐怖。

距离正阳中学八百米处的星辰广场昨天试营业，同学们都跃跃欲试，女生说里面聚集了很多时下最流行的奶茶、蛋糕、冰激凌、甜点；男生说里面几个运动专柜上有限量款的明星球鞋。

现在是周五的下午 3 点，本该距离正阳中学放学还有五十五分钟，但初二（三）班因为班主任受伤，最后一节语文课被改成了自习课，很多同学干脆找了各种理由提前回家过周末了。

三个穿着校服的女生人手一杯奶茶从一家“快时尚”服饰品牌店里出来，被一个以卡通图案走红全球的时尚品牌的橱窗吸引，每一件都让她们欢呼雀跃，最便宜的基础款 T 恤也要 699 元，她们倒吸了口气。

“还不打折，这里买件 T 恤，差不多可以买旁边七件了。”一个女生说，她的语气里透着无尽的羡慕。

“快看里面。”

透过明亮的玻璃，她们看到一个长发、身材婀娜的少女穿着橱窗上的款式从试衣间走了出来，试衣镜里的少女全身都洋溢着无敌的青春。

“黄芸?”

“就是她。”

短发戴着眼镜女孩终于抬起头：“3697 元。”

“什么?”

“T 恤 899 元，休闲短裤 1299 元，鞋子 1499 元，总共 3697 元。”眼镜少女一口气说完。

“她家很有钱吗?”

“她爸妈都离婚了，他妈和我妈同一个单位的，哦，对了，我妈说，她妈最近又结婚了，嫁给了一家证券公司的老总。”

“又结婚?”

“都第三次了。”听到的女生都觉得这个数字不可思议。

“怪不得。”女生们带着酸气感叹。

黄芸很快埋单，这是她后爸给她的购物卡，虽然她不喜欢他，但只要妈妈开心，她也愿意配合做一个乖女儿。她从专卖店出来时，橱窗外已空无一人，她又去买了一个做工考究的打火机，上面有兵器的图案，这是给当过兵的后爸买的，而且一定要当着妈妈的面给，这样妈妈肯定会笑的。

黄芸尽量想让身边的人都开心，可是自己呢，在大家眼里，她是一个开朗、乐观的人，但她和所有的人都保持着距离，她不想走进别人的世界，同样也不允许别人走进她的世界，因为她害怕有人了解她的过去、她的痛苦，被别人了解，无异于裸体展现于世人面前，她宁可偷偷忍受痛苦。

爸爸、妈妈在她小学二年级就离婚了，爸爸整天抱怨，但永远不会行动，妈妈是个敢爱敢恨的人，她向往更美好的生活。小学三年级听到电台情感节目有个女听众咨询主持人，面对家暴，是否该离婚，主持人一个劲儿建议她离婚，但是女听众却说，为了孩子她不愿意离婚，为了孩子她愿意继续忍受。小黄芸嗤之以鼻，她觉得这不过是这个女的软弱，拿孩子做挡箭牌而已，相比单亲家庭，一个充满争吵、没有温暖的家庭更让孩子绝望。只是她当时没有料到，她妈妈二婚中又遇到了一个奇葩，在她小学毕业那天又离婚了，自此妈妈很长一段时间里郁郁寡欢，年幼的她反而充当了妈妈的安抚剂，直至遇到现在的后爸，也就是妈妈的第三任丈夫。

她想去买一块想了很久的蛋糕，每当心情欠佳时，甜食是最好的选择，可这个广场有些绕，照着图册标志的方向过去，已经来回走了两遍都没找到，算了，放弃吧，或许前面的甜品店是不错的替代品。就在营业员接待她入座的时候，她站住了，给了营业员一个抱歉的表情，又出来了。为什么要将就，为什么要妥协？凭什么要剥夺自己本来就不多的愉悦感！

她真的不喜欢这样的自己，真的很讨厌自己，她讨厌自己察言观色的能力，别人一个表情、一个动作，她就知道对方在想什么、需要什么，所以她的几个好朋友都很喜欢她，除了漂亮，更多是因为她总不会让她们感到难堪，甚至帮她们解围，而她们的心事也总能第一时间得到她的分析、得到她的安慰，让她们看到希望。而自己仿佛是一个永远不会生气、没有任何负面情绪的人，不需要任何人的帮助或者呵护。

黄芸终于找到了那家烘焙店，她要了原味、榴梿、杧果三个口味的蛋糕，先吃了原味的一口。她比任何人都需要别人的关心与呵护，尤其是父爱，但她又不需要这些爱，因为她非常害怕得到后会失去，那简直比没有得到过还恐怖，所以她不敢要，没有人会让她感到放心。

除了那个人。

“昨天没睡好吗？黑眼圈都出来了。”刘欣约俞笑吃饭，在一家餐厅门前碰面时说。

俞笑笑了笑，握住刘欣的手，二人进入餐厅。俞笑不知道自己是几点睡着的，她最后一次看手机的时间是凌晨三点半，后来就迷迷糊糊地睡着了。她昨晚一直想着宋诚说的朱鹤与张怡然之前认识，这起初让她陷入崩溃，但随后她找到了很多理由，似乎他们两个认识也是情理之中。朱鹤和张怡然来自同一所高中，虽然相差多年，但说不定是同一个班主任，二人在同时看望老师的时候认识；张怡然父亲是房地产商，而朱鹤的永盛集团房产也是主要业务，二人或许是因为这层关系认识的；或者张怡然也是环保积极分子，二人认识于一场公益活动中……这都是有可能的，不是有个六度分割理论吗，最多只要经过六个人就可以找到地球上的任何人，更何况是这小小的江城。

一定是这样的。俞笑不停地暗示自己，随后就睡着了，直到刘欣约她。俞笑喝了口柠檬水，看到刘欣在笑，她不知道刘欣正在想俞笑肯定是因为怀孕而导致的失眠，但按照传统，怀孕三个月内除了家人是不能告诉其他任何人的，这包括闺密。所以刘欣选择笑而不语。

“今天周五你怎么有时间出来？”

“因为我们餐厅来了新店长，你不知道每天真是鸡蛋里挑骨头，错了，是鸭蛋里挑鸡骨头，今天中午不知道哪根筋又搭错了，所以下午我干脆请假，看她怎么应付今天晚上的客流。”

职场话题让俞笑感到生疏，只能回一句：“你以前可不是这样的，一副要把餐厅当家的感觉。”

“公司就是公司，你掏心掏肺，也相处过一段好时光，但老板的想法总归会变，原本要打造奢华西餐厅，过了不久又要成为生态餐厅，一句话就能把你多年的努力化为虚有。”刘欣有些伤感，“虽然现在说自己当时傻，但我还真喜欢那时把餐厅当成家的自己。”

服务员很快上了菜，刘欣点了很多，夹了一块排骨给俞笑：“今天我请客，你多吃点儿。”

“为啥?”

“谢谢你上次把 QQ 给我用来投票，军军获得了三等奖。”

一月前刘欣的儿子军军参加了某个少儿培训机构举办的绘画比赛，评选是以 QQ 在网络的投票为准，规定每个账号每天只能投十票，可以连投十天，鉴于投票的长期性，俞笑干脆将自己的 QQ 号码交给刘欣，反正现在也不怎么用了。

刘欣还没吃完饭就被自己餐厅的电话叫走了。食客因为信用卡的优惠活动和餐厅起了冲突，新来的店长不但不能解决，还说了几句风凉话，彻底激怒顾客，已经叫来了电视台，说餐厅涉嫌欺骗消费者。刘欣火急火燎地走了，留下俞笑一个人。

怀孕前三个月最为重要。这是一个妇产科医生说的，他还说，这个重要性不仅体现在身体健康，还体现在心理健康，孕妇的情绪反复波动，甚至大起大落对胎儿都是不利的。

她轻声叹了口气，喝了口水，站起身感觉有些落枕的疼痛，拿出手机，登录 QQ，加入之前孕妇书上的一个 QQ 群。这个群里都是一群怀孕两个月左右的孕妇，群名很好玩：生在 6 月！不知是谁挑开了孕期反应的话题，手机屏幕迅速被刷屏。这个说自从知道怀孕后，天天吐，从主卧的卫生间一直吐到了客卫；那个说失眠可严重了，每天晚上眼睁睁地盯着天花板，终于明白“望穿秋水”这个词是怎么被造出来的；还有人说以前吃自助餐站着进去，爬着出来，现在却是看到什么都没胃口，连平时最爱的生猛海鲜都看成了残废的虾兵蟹将……

可这些孕早期的症状，俞笑都没有，她摸了摸肚子，有些怀疑自己是不是真的在怀孕，忍不住担心肚子里的小朋友会不会正常，为什么自己的妊娠反应不像一个正常的孕妇，别的宝妈正在承受的苦难，她却一分都没承担。难道是小朋友来的不是时候？

朱鹤的信息来了：笑笑，我后天就到了，想你。

俞笑立马关掉了手机上的通信软件，餐厅外已灯火通明，街道的人流量明显增多，俞笑很快融入其中。

晚上 7 点 10 分，黄芸出现在城市公园。这是江城新城区的一个公园，由于周边小区交付不多，因此晚上没什么人。距离约会时间还有二十分钟，黄芸很紧张，这是她第一次约见网友。她没有看过对方的照片，只知道对方今年刚好三十岁，网名叫“土豆”，是个白领，从事秘书工作。

黄芸走入公园的厕所，她在镜子里看到自己通红的脸，并检查了妆容，生怕有什么不妥，可是刚才她看到公园的路灯并不是很亮，两个人如果在公园里并肩散步，即便口红涂得不好，对方也不会察觉到的，想到这里，她稍感安心。

虽然紧张，但想见到“土豆”的心却随着时间的临近而日益紧迫。她已记不起是什么时候加上这个人的，或许是八个月前，也可能是半年前。之前她对他印象并不好，她抗拒所有的接近，哪怕这个人来自陌生的网络，但“土豆”并不介意，只要他在线，总会跟她问好，聊聊天气，或者聊聊那些娱乐明星。黄芸敷衍几句后，就会马上停止聊天，她自言自语，这个人到底想干吗？

两个月前，黄芸的妈妈很高兴地将她带到一家听说过但从没去过的西餐厅，在那里第一次见到了后爸，妈妈兴奋地说，他们要结婚了。黄芸像开了挂一样，整个饭局都很开心，后爸见到她这样也非常开心，立马给了她一个红包。吃完饭后，她笑着借口要去附近的同学家做那套还没做完的试卷，后爸带着妈妈驾车离去，留下她在这家格调高雅的餐厅门口，倍感孤独。她一直暗示自己，只要妈妈开心，一切都是好的。只是转身一瞬间，她哭得一塌糊涂，一个人走在熙熙攘攘的路上。她拿出手机，QQ 上有一百多个联系人，在线的也是一大串，可是她一个个点击头像却发现没有一个人是可以聊天的。她蹲在地上，泣不成声。

这时 QQ 信息提示音，“土豆”发来了问好的消息，他就像一棵救命稻草，黄芸紧紧抓住，不肯放手。此后二人每天都要聊，随着时间的增加，聊天次数越来越多，每天的清晨问候，每一个晚上的好梦祝福，黄芸发现自己越来越依赖这个不曾谋面的“土豆”。他体贴，只要他有空，她的每次信息都会及时回复，即便当时没空也会在有空时立马告诉她他在干吗，并补上连续多条信息；他睿智，渐渐地她会将自己心中的各种苦恼、抱怨、愤怒都告诉他，他不像其他人那样只会说“哦，这些人确实讨厌”之类无关痛痒的话，“土豆”会帮她分析情况，告诉她对错，有时确实是别人的原因，他就告诉她一般的应对方法，而且说话幽默，总能让她摆脱郁闷的心情；他博学，黄芸觉得“土豆”是这个世界上最聪明的人，他对中国传统文化如数家珍，同时对世界各地也充满好奇，他去过美国、德国、巴西和阿根廷等地，每当她说在《国家地理》杂志上看到了哪个地方怎么这么奇怪，他总能说出那里的人文历史和现状……总之，“土豆”是一个完美的哥哥，能认识他是最幸福的事情。

时间已是晚上 7 点 25 分，黄芸没有穿她今天新买的衣服，她本来是想穿的，但是新衣服胸前的卡通图案过于醒目，总给人不成熟的感觉。她此时忘记了自己十四岁的年纪，也不怪她，在年少时，总希望自己是成熟的，直到感叹芳华远去，才会反过来希望自己是年轻的，甚至是幼稚的。

黄芸感到呼吸急促，前面八米远处有个男的，灯光下的他看上去有些微胖，衣服不但普通，甚至有些邋遢，最让人介意的是他看上去三十多岁的样子，身前有一个米黄色但松松垮垮的背包，完全没有包的样子。时间已经过去了两分钟，但黄芸还是没有勇气接受前面这个人就是“土豆”的事实，但看样子还真的是了，她的心一下子跌落到了谷底。

“黄芸，你怎么可以这么看重臭皮囊，想不到你也是这么肤浅的人，一点儿都不酷。”黄芸教育自己，她鼓起勇气准备上前，但试了几次，都无功而返。

这时有人轻轻拍了拍她的后背，黄芸诧异地转身，看到了一个身材笔挺、穿着考究、面带笑容的男人。

“‘土豆’哥哥?”黄芸虽然幻想过很多次“土豆”的模样儿，但却从未奢望他是如此帅气，她有些脸红。

男人的笑容更盛，神色中带着与生俱来的自信，看着她的眼睛，点了点头。二人默契地走在公园小道上，虽然不说话，但黄芸却觉得，今天是她人生中最美妙的日子。

二人坐在公园人工湖边的长椅上，男人掏出一瓶酸奶。

黄芸接过酸奶，想起很早前曾经跟“土豆”抱怨过自己每次排队都没排到，或者排到了，但香草口味却已经卖完了，手里的这瓶就是心心念念的香草口味。

男人把酸奶又拿回去，双手攥紧，放在自己的胸口。

“你说你的‘小日子’来了，吃冰的不好，我来把它焐热。”

第十七章　意外怀孕

因此你能怀孕是非常非常幸运的，甚至可以说是一个奇迹。这很有可能是你第一次也是最后一次的怀孕机会，所以一定要保护好这一胎。

自从买了新房子，推销装修的电话一个接一个，刚开始俞笑还会很礼貌地拒绝，到后来她实在没有了耐心，听到对方的意思后就直接挂掉了电话，心里嘟囔着，难道这些公司都不知道万里江山是深度精装修的房子，除非房东有特殊要求，否则根本就不可能会装修。

可手机的烦恼并不只有这些，自从加了那个孕妇群，一个上午就能收到上百条的信息，俞笑很想把 QQ 设置成静音和不提示新信息，可多年没接触 QQ 界面，一时也觉得茫然，在准备放弃时看到有一条请求加为好友的提示：我是市舞蹈团的，有兴趣参加吗？

俞笑觉得好笑，点击拒绝，谁知几分钟后那个人又来添加：你很符合我们的要求，我们正准备打造新星。俞笑点击通过，她想知道这是不是一场恶作剧。

对方是一个儒雅绅士的头像，性别男，名叫“游泳的鱼”，年纪二十三岁，QQ 签名：艺术，让人类更美好。

你好，你还在读初一吧?

俞笑一脸雾水：你怎么知道我读初一?

对方头像闪动：你个人资料显示的。

俞笑点击自己的个人信息，除了自己老少皆宜的卡通头像，其余信息都被修改过了，网名叫“祖国的花朵”，年龄十三周岁，QQ 签名：我是一个从小喜欢跳舞的女生。她立刻打通刘欣的电话：“你怎么把我 QQ 资料都改了。”

电话那头的刘欣不以为然，“这次是青少年最喜爱的小画家评选，那投票的人当然必须是青少年，这才显得投票的正规性和有效性。”

“好吧。”

“别郁闷了，好歹我让你年轻了一回，你不用谢我的。”刘欣挂了电话。

“游泳的鱼”已经发来好几条信息：

在上课了吗?

你几岁开始学习舞蹈的?

我前段时间在日内瓦观看了芭蕾《天鹅湖》，感觉我们和世界顶尖水平还有很大差距。

我们团就缺少像你这样有灵气的舞者，有空联系我，我是小鱼老师。

俞笑点开自己的QQ空间，发现有好几张一个长相甜美的少女跳舞的照片。后来刘欣“辩解”说，演戏就得演全套。

每个星期三陈文都要去江城儿童医院看望孩子们，这是他一直坚持在做的公益，这家医院的血液病科非常有名，很多人慕名而来。只是今天因为工作上的事情被耽搁了，陈文看了一下手机，已是下午三点，他快步从购物中心出来，站在事先与共享汽车司机约好的地方，查看包里给孩子带去的礼物是否落下，当他确认无误，抬起头时，看到了俞笑，冲他微笑。

“你怎么在这里?”

“特意来找你的。”

“我?”陈文有些吃惊，此时他听到汽车的喇叭声，约的车到了，“我现在要去医院，你要不和我一起去吧。”说完，陈文也有些吃惊。

“反正我有空。”俞笑边说边坐在了后排，陈文坐在了前排。

汽车开了好几分钟。

“你对大宇熟悉吗?”俞笑侧着脸看窗外的街景。

“除了他奶奶，我可能是最熟的了。”陈文继续说，“他帮过我，那时我还看不上他，觉得跟这么一个土里土气又不说话的怪人做同桌没劲，所以刚开始我们关系不好。有一次，我在回家的路上遇到几个要钱的混混，是他帮了我，但他被打得很惨，所以我很无耻地事后和他做了好朋友。”陈文笑了。

两个人直到下车都没再说话，俞笑跟在陈文后面，在迈进医院的那一刻，俞笑说：“他有没有提起过我?”

陈文迈出的双腿停滞了一下，然后继续往前走：“没，从来没有过。”

二人最后来到的并不是医院，而是穿过医院到达一个仓库，里面别有洞天，虽然面积不大，但却像一个小型游乐场，爬垫、滑梯及各种的玩具一应俱全，十来个孩子都在玩耍，每一个孩子都戴着口罩，空气中弥漫着消毒水的味道，不时有孩子叫陈文为“文叔叔”。

一个小姑娘正在调试一台 65 寸的液晶电视，另一个小伙子忙着在电视机前面摆放椅子。陈文从包里拿出移动硬盘，跟小姑娘说：“这是我刚下载的高清动画——《哆啦 A 梦：伴我同行》，找了好久才找到国语版。”小姑娘接过移动硬盘，大声说：“小朋友们，我们马上就要看很好看的动画片了，大家赶快到蛋蛋哥哥那里排队。”孩子们开心地跑过来，虽然戴着面罩，看不清他们的表情，但眼睛里都闪着光芒。

陈文和俞笑站在后面，他对俞笑说：“这个地方，我们把他叫作‘阳光儿童舒缓治疗活动中心’，这些孩子都有血液病，他们对外面细菌的抵抗力很低，为了降低感染风险，所以他们只能被关在家里或者医院的无菌病房里，更不可能去电影院。他们的活动量也不能太大，以免出汗着凉，因为对这些血液病的孩子来说，每个小感冒都可能演变成巨大的生命威胁，普通孩子一周就能好的小病，他们往往要拖上一个多月，一不留神就会发展成肺炎、高烧，甚至是器官衰竭。”

俞笑是晚上六点半离开的，陈文送了她很长一段路，谈了很多，说起那时候的人和事，但唯独都避开了“王大宇”这三个字。

俞笑刚上车，天空就开始下雨，望着陈文的背影，俞笑觉得人都应该熟悉后才能给别人评价。陈文，这个同学眼里的怪胎，却独自精彩着他的世界。他的公众号在江城本地的影响力越来越大，越来越多的人喜欢他的文章，软文广告业务生意也越来越好，可是这都没有刚才给俞笑的冲击来得大，他作为“阳光儿童舒缓治疗活动中心”项目的发起人，聚集了一批志愿者，他承担一切费用并乐此不疲。俞笑问他的初衷是什么，他笑而不语，但是眼神中却同样闪着光，跟那些戴口罩的孩子眼里一样的光。

雨越下越大，街上的行人或快步走，或躲避到临街店铺的屋檐下，陈文用依旧的速度、依旧的线路前行，他不会去看路人对他的评价，但他知道，肯定有人觉得他不是病了就是疯了，可是他现在就是喜欢这样淋着雨，他与生俱来的孤独感，让他既渴望与人接触，也害怕与人接触，他抬头看着雨点密密麻麻砸向他的头发、他的脸、他的喉结，他感觉甚好，至少这样别人看不到他的眼泪。

“我为什么要哭？”陈文问自己。他知道，在爸妈、亲朋好友，甚至员工、合作方看来他都是一个“怪物”：三十好几也没结婚，女朋友也没有，父母与他争吵很多次后，他干脆搬了出来；好好的编制内记者不做，去做一个虚无缥缈的公众号，写一些不能带来物质的心灵鸡汤；拒绝和一切过去的人、事沟通，能不见老朋友就不见，能不去以前经常去的地方就不去……

为什么非要和别人一样才能算是正常，宇宙如此之大，充满各种可能性，那为什么我非要将自己固化在一个模式中呢？只要我遵纪守法，热爱国家和这个时代，为社会创造价值，关心着身边人，那我自己的人生路，是不是可以让我来选择——我这只属于我，只进行一次、无法重来、不能反悔的人生。

俞笑做了沙拉作为晚餐，可是吃完后不久，她就开始吐，吐完重新做一餐，可是已没了胃口。第二天早上，喝了半碗白粥后，又开始吐，不得已到医院去检查。医生告诉她，这是由于怀孕初期体内绒毛膜促使性腺激素分泌量明显增加，而使胃酸显著减少，随之消化酶的活性也降低导致的，属于正常的妊娠反应，后期可能还会有头晕、恶心、食欲缺乏及肢体乏力等状况，给她配了点维生素 B。

俞笑准备离开，医生叫住了她："俞小姐，上次的检测出来了……"

医生的很多话俞笑都没记住，除了那句"因此你能怀孕是非常非常幸运的，甚至可以说是一个奇迹，这很有可能是你第一次也是最后一次的怀孕机会，所以一定要保护好这一胎"。

下午四点，俞笑接到朱鹤的电话，说半个小时候后到家。俞笑试图让自己冷静下来，她责备自己为什么有那么多好奇心，否则现在怎么会有这么多烦恼。如果按照之前的人生轨迹，她现在应该积极待产，为新房子挑选自己喜欢的美式实木家具。看到刘欣在单位做得不开心，她出资、刘欣管理一家新的餐厅。爸爸、妈妈也可以搬到这个小区里来……她可以为身边人做很多事，很多让他们开心的事，可现在一切都失控了，失控了。

为什么会出现王大宇，他为什么要做那些事情，是不是哪里弄错了，明明自己和他没有任何的联系。

俞笑低声啜泣。

"睡了吗?"

"没。"

"朱鹤，你很少失眠。"

"你也是。"

俞笑和朱鹤躺在床上，背对着背，二人都被黑夜包裹，结婚典礼上宣过誓要此生风雨与共、不离不弃的二人却都在无尽黑夜中感到了无尽的孤独。

“朱鹤，你知道不知道，我从第一眼看到你就喜欢你了。”

“知道。”

“那时我很疯狂，每天都想着你，每一个念头都是你，当时公司快把我开除了，但我却觉得这没什么，没有什么事比我知道这个世界上有你来得重要。”

“谢谢你。”

“有一次你们楼盘空调外机槽设计出现重大瑕疵，原先订制的近三千多台日本进口空调无法安装，可是空调已经过了海关，你焦头烂额，要跟供应商谈判。那天中午我特意给你送了一个手链，那是我前一天晚上特意去了天关寺请主持开过光的，现在想来，很迷信，但当时我什么都做不了，就单纯觉得这样驱车来回三百多公里，在你进日方下榻酒店的最后时刻送到你手里，就会给你带来好运。”

沉静片刻后，朱鹤说：“我只知道你送来了手链，不知道里面的故事。”

“有段时间，董事长家里的人处处给你穿小鞋，你情绪很糟糕，特爱喝奶茶，我不让你在你们楼下买，宁可每天下午给你带一杯，不是因为我借机想表现自己，而是你们楼下用的都是奶精。他们生意不好，很多时候的红茶都是一大早就泡好的，我怕你多喝，会影响健康，所以每天宁可自己做。”

朱鹤想起那是他成为永盛集团总裁前两个月，董事长家里原先互有矛盾、互相进攻的家族成员破天荒地团结在一起，对付他们的共同敌人——朱鹤，那时自己压力很大，但是每次喝到奶茶就能感到心情稍微好一点儿，他为数不多地对俞笑发火也集中在那个时间段，还真的说过“你这样做，不就是为了来感动我”这样伤人的话。

过了很久，俞笑终于听到朱鹤转身的动作，将她抱住。俞笑能感受到朱鹤的呼吸、体温，甚至是味道，都是熟悉的，还是温暖的。她做了一个决定：忘记过去，忘记王大宇，找个合适的时间告诉朱鹤自己怀孕了。

第十八章　游泳的鱼

俞笑快速合上笔记本，倒吸了口气，下意识地摸了摸肚子里的孩子。这不是一条鱼，而是刺向未成年人的无形刀刃。

黄芸拿着病历本来到办公室，老师正在改作业："老师，我还要去打点滴。"

老师麻利地从抽屉里抽出一张白纸，写上黄芸的名字和日期："我刚改了你的作业，最近不错，效率提高很多。"黄芸接过纸单，开心地走了。

和"土豆"见面后的第二天，二人又见了一次，黄芸问过"土豆"真名是什么，但"土豆"却说，继续叫他"土豆"好了，他在一家大公司做老总的秘书，而且他把自己的 QQ 界面给黄芸看，里面只有她一个好友，说"土豆"是她一个人的朋友，对她保持绝对的忠诚，因此黄芸不但没有介意不知道他的真名，反而更加窝心。

今天晚上是他们的第三次约会见面，她出了校门，走到学校的西南角，那里“土豆”正在等她，一个中年男人在她背后想喊住她，却看到她上了一辆黑色的大众车，消失在视野外，中年男子转身往学校方向走去。

“黄芸爸爸，是黄芸生病的事情吗？”老师第一次见到黄强，去年的家长会是黄芸妈妈来的，他并不认识黄强，只是觉得父女眉宇间有点儿神似。

“她生病了？”

“是的，刚拿了病历卡去医院打点滴了，而且上面还有她妈妈的签名。”

黄强出了学校立刻给前妻打电话，但前妻一问三不知，更没在什么病历卡上签过名。随后前妻突然话锋一转，以为这又是前夫死缠烂打的伎俩就愤然挂了电话。黄强驱车到了市第九医院，在熙熙攘攘的点滴室，找了几遍都不见女儿的踪影，他拨通了黄芸的电话：“你在哪里？”

“我还能在哪里，学校上自习呢，哦，好了，我不跟你说了，老师找我了。”

挂掉电话，黄芸继续跟“土豆”说：“抱歉，我爸爸的电话，我真不知道像他这样的男人有什么用，年轻时没照顾好我和妈妈，对我也不关心。你知道吗？我一年级时全城大雪，妈妈在上班，可是我在学校怎么也等不到爸爸来接我，最后我一个人走回家的，整双棉鞋都是雪水，脚上长了冻疮，现在每年冬天都会复发。我妈回来看到我这样，抱着我直哭，我爸爸呢，那天他在打麻将。”

正是这件事直接让妈妈下定决心和爸爸离婚的，小黄芸在此后很长时间里还一直自责是自己导致了父母离婚，她啜泣起来。“土豆”自然地将她搂在怀里，用额头轻轻触碰她的额头：“一切都过去了，你会越来越强大，也会照顾好自己的。”

随后二人不再说话，身边只有微微清风和黄芸的哭泣声，“土豆”细心拿出纸巾为她擦拭眼泪，她终于止住哭泣，抬起头，两眼通红：“你会笑话我吧？”

“怎么会呢，哭过了就好，谁不都是有很多心事，然后一边哭泣一边成长的。”

“谢谢你！”黄芸破涕为笑。

二人随后上了车，黄芸并未询问“土豆”会带她去哪里，她当时只有一个想法，紧紧跟着他，即便前方是悬崖，只要他敢前进，她也敢跟随，但她心里又很害怕，害怕某种事情的发生，她确定自己是不会同意的，这跟“土豆”无关，是她对妈妈的无声承诺，她不能让妈妈担心她。幸亏“土豆”停车的地方就是她的学校，黄芸抬头看了一眼“土豆”，在此刻她更加敬佩“土豆”的为人，他是一个非常可靠的男人。

在学校大门即将关闭的前五分钟，黄芸隔着铁门看着“土豆”的车渐渐离开，在不远处，一个男人同样盯着这辆车。

“宋警官，求求你帮帮我。”

宋诚一大早上班就被一个男的拦住，但他并不认识这个男的，只觉得脸熟：“你是？”

“我是黄强，你还记得吗？就是国策地产公司，发帖子的那个。”黄强最后声音弱了下去，昨天他听到前妻再婚的消息，原本他有复婚的想法，所以去女儿学校问问情况，却看到女儿撒谎旷课，而妻子对自己也是各种不相信。他在学校门口苦等三个小时后终于看到了女儿回来，他随后跟踪了那辆黑色的车子，可惜几个路口后就被甩掉了，幸亏他记住了车牌号。

宋诚这才想起这个人就是秃头的黄强，之所以没有想起来完全是因为黄强戴了假发，看着别扭：“你女儿怎么了？”

“我女儿今年才上初二，但是昨天却撒谎旷课，跟一个男的上了车，学校快关门的时候才回来。”

宋诚之前也接过此类的报案，但最后发现无非就是孩子的青春叛逆期而已：“你不用太担心，可能只是普通朋友，你最好多跟女儿沟通。”

“没用的，她根本就不想理我。”

“那你让孩子妈妈跟她沟通试试看。”

黄强使劲摇摇头说：“我和他妈妈早就离婚了，她妈妈把我当作仇人，女儿把我当作罪人。”

宋诚不知道怎么回答，点了点头，黄强将一张便笺纸塞到宋诚手上：“这是那个人的车牌，如果可以帮我排查一下吧，虽然你说的我都懂，但作为一个父亲，我确实预感很不对劲。”

“好的，你先回去，有消息了我马上通知你。”宋诚看着黄强离去的背影，摇了摇头，随后拿起手机，拍下车牌号码传给郑新，让他查一下车牌信息。

他现在还有更为重要的事情去做。

俞笑打开手机 QQ，里面有近百条群信息，她并不想看，删除。一条新信息提示，来自“游泳的鱼”：hi，好，下课了吗？今天天气不错，我在喝咖啡。随后便发了一张在星巴克的照片，照片角度非常完美，将精美的蛋糕、香醇的咖啡、考究的钱包及彰显汽车品牌的汽车钥匙都聚集在一起。

俞笑缩回准备删除“游泳的鱼”的手，这张照片极好地展现了主人的品位和经济能力，让她终于明白了这个人的意图。她全身一冷，思索片刻后，她回复：叔叔，蛋糕看着好好吃呀。

“游泳的鱼”：这蛋糕很好吃，里面有巧克力，还有甜甜的奶油和草莓。

俞笑：是不是很贵呀，我每天只有两元钱的零花钱。

“游泳的鱼”：还好，三十五元钱，你想吃吗？还有其他很多口味，抹茶的、奥利奥的，还有慕斯和芝士的。

俞笑：可是老师说我们还不能喝咖啡。

“游泳的鱼”：这里有冰激凌的，进口的，跟我在新西兰吃过的一样，很好吃，我会给你买超大杯的。

俞笑：我不喜欢吃甜的。

“游泳的鱼”的头像沉默片刻后闪动：那你喜欢 QQ 币吗？

俞笑：那当然喜欢，我最讨厌的小娜居然有六十多个 QQ 币，气死我了。哎，只是那个要用钱买的。

“游泳的鱼”：我有不少，可以给你。

俞笑：老师说我们要礼尚往来，你给我 QQ 币，那我需要给你什么呢？

“游泳的鱼”：我说过我是老师，最近在帮学生设计跳舞用的服装，但有些尺寸把握不住，你可以拍几张照片给我，让我做一个参考。

俞笑：我空间里的照片就是我。

“游泳的鱼”：那些都是穿着衣服的，我需要那种只穿内衣的。

俞笑：这，这，这很难为情呀。

“游泳的鱼”：我给你一百个 Q 币，只要三张就好了。

俞笑：什么样的三张？

“游泳的鱼”：前面拍一张、后背拍一张，还有脚上拍一张。

俞笑：可是在家时，没人帮我拍这些。

“游泳的鱼”：你可以对着镜子拍。

“游泳的鱼”：记得不要被手机挡住了脸。

俞笑快速合上笔记本，倒吸了口气，下意识地摸了摸肚子里的孩子。这不是一条鱼，而是刺向未成年人的无形刀刃。

“永盛集团的车？”宋诚复述了一遍郑新的话。

“是的，是挂在永盛集团的，是辆六年前购置的大众帕萨塔。”郑新接着说，“宋队，我觉得完全没有必要查下去，那小姑娘应该是青春叛逆期，不想理自己的爸爸、妈妈，我们都是这么过来的。”

珊珊大声说：“可别顺便带上我，我可不是这么过来的。”

郑新拍了拍珊珊的后背，笑着说：“知道你是品学兼优、冰雪聪明、人见人爱，不过那辆车完全有可能是永盛集团员工用闲暇时间来当网约车司机的，赚点儿外快，现在孩子都是有手机的。”

宋诚点了点头，又摇了摇头，黄强那种“请相信一个爸爸的直觉”的神情让他不敢懈怠。他快步走出办公室，正好他要去见俞笑，十五分钟前俞笑约他见面，说有重要的事，在不知道对方是什么人的情况下，先问一下这位永盛集团总裁夫人是不错的选择。

俞笑选的位置在咖啡厅的角落里，桌子上已经放了一杯柠檬水。宋诚刚坐下，俞笑就把笔记本电脑的 QQ 聊天记录给宋诚看。宋诚的脸色越来越不好，他点击“游泳的鱼”的个人资料，拍照给郑新，让他赶快查。宋诚对着俞笑，面色凝重地说：“说来惭愧，前几次市局让我们去学校里讲未成年人的自我保护，我都没怎么准备，随便说说，有一次还临阵脱逃，看来，我们的教育要跟得上时代。”

宋诚把一个车牌号发给了俞笑：“帮我私下问问永盛集团这个车牌号的使用记录，最近一周谁在使用。”

俞笑一脸疑惑，宋诚明白她的意思：“如果直觉没错的话，对方还会犯案，如果我直接去取证，会打草惊蛇。”

郑新电话来了：“宋队，对方非常狡猾，用了 IP 代理。”

“那想想办法。”

“我只是想说明一下我的重要性而已，我已经查到了，IP 地址来自永盛集团。”

在宋诚要求下，俞笑立马拨通了永盛集团办公室主任的电话，说她有一个朋友在做一个企业用车的项目研究，想要看一下近期集团的用车情况，做一个统计和实例。几分钟后她就收到了办公室主任传来的 Excel 文件。

宋诚看到那辆车最近一周都是一个叫“朱勇”的人在使用。

“你认识他吗?”

“他是我老公的秘书，怎么了，有什么问题吗?”

“我还不能确定，但有人说他女儿上了这辆车，怀疑对方有不轨企图，而且那个‘游泳的鱼’的 IP 也在永盛集团，可能是同一个人。”

俞笑感到一阵恶心，那个让人作呕的“游泳的鱼”会是之前那个待人亲切、见到她毕恭毕敬的小朱吗?

宋诚离开时说了句：“我又想到了他。”当时俞笑正低着头继续看聊天记录，许久，等她抬起头时却看到了小兰。

“如果你不抬起头，我可能就要走了。”小兰笑起来很美。

“你是宋诚的未婚妻，哦，是妻子。”俞笑终于想起了眼前的女人是谁，急忙让她坐下，并为她叫了杯柠檬水。

“今天说来惭愧，我之前还一直觉得自己是敢作敢为的职场女性，但今天来的目的却让我感到心虚，我以为你和宋诚有些什么。”

“哦，完全不是这样的。”俞笑尴尬地舞起双手想做解释，但不知怎么说。

小兰及时制止俞笑的解释：“我一看到你就知道我错了。”

俞笑很喜欢她的直率：“我和宋诚最近联系多了，是因为四年前的一个案子，我是当时的唯一目击证人。”

“瓦胡同王大宇的案件？”

“你知道？”

俞笑这才知道眼前这个娇小玲珑的女子竟是报社法制专栏的记者，这份职业成就了她和宋诚的缘分。

“我知道，我那时正在跟踪另一个‘4·13案件’，是马小文负责的。在罪犯徐达江临刑前，我采访过他，想从他的犯罪道路中给世人一点儿警示，他私下说他和王大宇在看守所一起待过两天。”

俞笑极力想避开王大宇的一切事，她需要换一个换题，但小兰抢在她前面说：“他说王大宇是一个奇怪的人，基本上不声不响的，但对徐达江的犯罪动机却非常有兴趣，一直问他为什么会杀死那个不存在的目击证人。”

俞笑拿起咖啡，冲小兰笑了笑，小兰误以为她很有兴趣：“‘4·13案件’之所以轰动，除了案犯时间和盗窃金额非常巧合都是413，而凶手又极其残暴外，还有一个就是凶手杀了一个对他没有危害的假想中的目击证人，因为他有强迫症，就像我们下了楼会担心有没有关煤气和关门那样。”

报社的电话来得很及时，小兰很快就走了。

俞笑摇摇头，觉得这家咖啡店的拿铁味道有些焦。

宋诚回到队里，立刻将相关情况告诉了郑新和李珊珊。他让郑新跟踪朱勇，李珊珊负责网络跟踪“游泳的鱼”，而他自己会跟黄强了解情况。他想到了俞笑，或许她可以继续和“游泳的鱼”沟通，让他透露更多的信息。

俞笑打开 QQ，看到信息提示有红包，是“游泳的鱼”给的一百个 QQ 币。

俞笑：红包？

“游泳的鱼”：给你的，不够我再给你。

俞笑：真是太开心了，谢谢叔叔。

“游泳的鱼”：照片拍好了吗？

俞笑：还在学校呢，不方便拍，周末回家给你。

“游泳的鱼”：可是服装厂一直在催我尺寸。

俞笑：那我把红包退还给你吧。

“游泳的鱼”：（一个生气的表情）你觉得大叔是这样的人吗？让你拿着就拿着。

俞笑：不错，这才像大叔嘛。

“游泳的鱼”：看你嘚瑟，小丫头片子。

俞笑：可以看看大叔的手指吗？

“游泳的鱼”：为什么？

俞笑：你都给了钱买 QQ 币，那我……

俞笑犹豫了下，还是输入了：无以回报，只能帮叔叔剪剪指甲了。

“游泳的鱼”：真乖，那叔叔给你拍。

一张男人的手指的局部照片发来，俞笑愣了一下，此时李珊珊电话打来："还是在永盛集团的IP地址。"

"游泳的鱼"：小丫头你可别骗我，你看叔叔发照片发得多果断，你的照片可别忘记了。

俞笑顿时觉得十分恶心，但还是回复：放心吧。

"游泳的鱼"：我先下了。

郑新坐在车里，看到朱勇的车驶出永盛集团的地下车库，往左拐，那是城南方向，而朱勇的家位于城北，难道是驶向黄芸的高中，郑新立即打起精神，放下手里的可乐罐，启动汽车，打方向盘。朱勇前方刚刚亮起红灯，郑新并不着急，大概与朱勇隔了三辆车。

"宋队，朱勇出发了，我现跟在他后面，有可能去正阳中学，有情况我再汇报。"挂了电话，绿灯亮起，郑新依旧以三辆车的距离跟踪。

宋诚此时正带着黄强前往正阳中学，出发前他已经跟黄芸的班主任联系，说如果黄芸今天还是来批病假，先别批，但稳住她，他们稍后就会到。

郑新小心翼翼地跟在朱勇车子后面，在经过几个巷子后，朱勇的车毫无先兆地加速，冲过一个红灯，郑新刚加速却不料他前面两辆车发生刮擦，而他自己的车因为跟前车过于紧密，已经无法拐到旁边一道，朱勇的车早已消失在他的视野。

"什么，朱勇的车不见了。"宋诚心里着急，此时黄强的电话也响了，是班主任的电话。黄强脸色一变，火急火燎地说："黄芸不见了，她今天是让班长帮她请假的，她已经出了学校。"

"郑新赶快去正阳中学。"宋诚不由得加重了语气。

“可是我前后都被堵住了。”

“撞车也要马上去。”宋诚嘶吼着。

前面两辆车的司机还在吵架，然后他们都安静了，因为他们的车都在移动，后面的郑新鸣响了警笛，快速驶离。

宋诚让黄强系好安全带，立马左右插道前进，在到达学校门口时郑新也开着前面被撞得破烂的汽车到达，黄强一眼就看到校门口停着一辆黑色帕萨特，大声喊：“就是这辆。”宋诚示意他安静，他快步走到安保室，出示工作证件，对保安说：“那辆车的主人去了哪里？”

“那辆车呀，小朱呀，刚进去。”保安流露出疑惑的表情。

“你认识他？”

“对呀，他是我们叶老师的男朋友呀，你看他们出来了。”保安朝校园方向指了指。

果然朱勇挽着一个女老师的手，有说有笑地出来了，只听到他说：“刚才你吓到我了，你说你摔倒了，我还以为很严重，你要小心肚子呀，我还闯了一个红灯。”

女老师一脸娇羞。宋诚看到她手上有轻微的摔伤痕迹，顿感五雷轰顶。

第十九章　现身的恶魔

俞笑右手的虎口疼得厉害，她的目光变得更冷，举起刀，再次砍下去，第一刀、第二刀、第三刀……

李珊珊告诉俞笑，宋诚和郑新已经前往正阳中学抓捕朱勇，这次肯定能人赃并获。俞笑呆呆地坐在沙发上，一种身心俱疲的无力感袭来，感觉生活正无比快速地远离预期、远离希望，到底怎么了，为什么有这么多事情发生，一桩接一桩。她又想到了王大宇，是什么让他做出了这么大的牺牲，当年真的是为她牺牲的吗，不要想下去，不要去想。

她又想到了“游泳的鱼”，这是一个网络上潜伏着的危险分子。他用 QQ 搜索功能搜同城他需要年纪的女孩儿，然后查看对方的照片等资料作为是否成为猎物的依据，随后他会以编造的身份来申请好友，可能是一个会给你提供表现机会的老师，也可能是一个给你兼职机会的好叔叔。他一旦成为你的 QQ 好友，就会陪你聊天，用成功人士的生活场景照片给你制造幻想，并增加你对他的信赖度，让你放松警惕，最后就会用冲手机话费、购买虚拟产品等方式给你甜头，让你发送各种裸露的照片或者视频，而他或许躲在黑暗的房间里，解开皮带，褪去……

俞笑从冰箱里拿出一瓶可乐，打开盖子，气泡喷射而出，溅到了她的手。“啊！”整瓶可乐从手里滑落，在空中翻滚，夹杂着气泡的液体倾泻而出。俞笑捂住嘴巴，她快步跑向电脑，打开那张“游泳的鱼”的照片，放大，再放大，在手指的虎口那里果然有个气泡痕迹。

不可能，不会的，不会是他，不能是他。

朱鹤曾在为俞笑煎牛排时虎口留下一个星星状的痕迹。

俞笑拨打朱鹤的电话，但已关机，又立刻拨打小朱电话：“小朱，朱总在哪里，你知道吗？”

“朱总呀，我离开公司的时候还在，他让我先走的，他没跟我说去哪里，今天怎么了，刚才有一个姓宋的警察也问过我。”

“那个警察还在吗？”

“刚走。”

“你跟他说了什么？”

“就只有这些，朱总没事吧？”小朱犹豫了下，说出了疑惑。两辆车警察一路跟踪到他女友的学校，虽然警察没说什么，但那神情和架势总让人觉得出了大事，现在连总裁夫人都打电话来询问总裁下落。总裁到底怎么了，难道是经济犯罪？他越想越像，身边的女朋友叫了几声，他才回神过来。

此时宋诚正一个人驾车疾驰在公路上，他让郑新回去协助李珊珊调查朱鹤手机最后消失的地方。当他看到小朱出现时，他就意识到自己错了，小朱不是嫌疑人。他从小朱口中得知那天用车的是朱鹤，想想也是，虽然总裁秘书行政级别上只是普通专员，但因为和总裁每天接触，没人敢去差遣他，唯一能叫得动小朱的人也就只有朱鹤，更何况王大宇案件中，孙哲曾经说过朱鹤与死者张怡然有过关系，当时张怡然也就十四岁，这一切串联起来，两个案件的轮廓也逐渐清楚。

宋诚想起了王大宇，不知他在案件中扮演了什么样的角色，他让自己冷静，当务之急是抓住朱鹤。

李珊珊告诉宋诚，朱鹤的手机最后出现的时间是三十分钟前，地点是时尚城，而黄芸的手机也同样在三十分钟前消失，地点同样是在时尚城，但更详细的地点无法定位。

宋诚一路疾驰到时尚城，停车场显示没有余位，他直接将车停到了一家店铺前，一个彪悍的男人从里面出来，嘴里念念叨叨，让宋诚赶快滚。宋诚并未理会，男人举起拳头做出要揍宋诚的模样。宋诚亮出工作证，看都没看那个男人就跑向天桥。他在天桥上，这个时尚街地处江城的高校园区，四周都是大学，人流量巨大，更被誉为是江城美女系数最高的地方。他望向四周，茫茫的人海，根本不可能知道朱鹤会带着黄芸去哪里。

他打开手机地图，周围方圆一千五百米内有一家五星级酒店，三家四星级酒店及八家时尚酒店。三十分钟前，朱鹤和黄芸的手机同时消失在这里，那说明他们当时已经见面了，否则不可能关机。他们会去哪里？是其中的一家酒店吗？还是有别的地方？或者他们只是来这里会合，然后另找地方？

这一切都存在可能。

宋诚立即要求李珊珊排查全市酒店的登记客户信息，可是没有朱鹤或者黄芸的登记记录。宋诚立马要求时尚城所在派出所紧急调查，民警拿着朱鹤和黄芸的照片对周围一千五百米范围内的酒店进行地毯式排查。

时间一分一秒地流逝，宋诚越来越紧张，他直觉黄芸已经出事，不知为何，他又想起了张怡然孤独地倒在瓦胡同荒芜地上的场景，这个念头让他差点儿没站稳。

俞笑家静悄悄，客厅地板上的可乐瓶还静悄悄地躺着，周围是沉默的液体，最后一个二氧化碳气泡也终于消散殆尽。

必须要阻止他，否则会毁掉整个家，他不能出事，肚子里的孩子不能没有爸爸，更不能有一个坐牢的爸爸。

“啊!”俞笑的尖叫声划破平静的空气，但哪里可以找到他，中午时候他只说晚上有应酬，可能回来比较晚，让她自己吃饭。

曾经以为自己非常了解他，但当事情真的来临时才发现，原来真的就是一点点而已。

再沉默下去就要疯了。俞笑走到朱鹤书房，眼睛直勾勾地盯着书桌，那把钥匙已经换回去了。片刻后，俞笑面色冷峻，她到了厨房拿起一把刀，随后放下，拿起最大的一把刀，稳步走向书房，对着书桌，使劲砍下去。实木的坚硬让俞笑没有握稳，刀一下子就掉在了地上。俞笑右手的虎口疼得厉害，她的目光变得更冷，举起刀，再次砍下去，第一刀、第二刀、第三刀……

抽屉终于被砍烂，俞笑一把将抽屉直接拉了出来，她手上的血滴在了抽屉内，抽屉内的东西还是原先那些，几张卡、一个日记本和一份合同，她看着日记内心焦灼，感觉随时要爆发了。

她愤怒地将整个抽屉狠狠砸在地上，自己也颓然跌落地上，轻轻啜泣，一阵恶心，随之吐了起来，她这几天根本没吃过什么，吐的都是苦水。当她准备站起身去擦拭时，突然想起朱鹤爸妈家那个抽屉的暗格，她不顾口中的呕吐，把手探了进去。

朱鹤，你在哪里？宋诚站在天桥上，闭上眼睛，任由人流从他身边穿梭，他脑子开始回忆之前的那篇专访。“公寓、花园洋房、别墅，但就个人而言，我最喜欢的还是别墅，尤其是独栋别墅，我想任何一个人都幻想过有一栋别墅，有很大的草地，里面有树，要是有条河就更完美了，想想你和爱人可以住在里面，一起做饭，一起打扫卫生，看看窗外的美景，你的孩子在草地上奔跑，你的邻居推着刚从超市买的货物跟你打招呼，是不是很美的画面。”

宋诚拨通了李珊珊电话：“珊珊，你快查下，时尚街附近哪几个小区有别墅?”

“马上。”李珊珊片刻之后回复，“总共有两个：一个是宇翠庭，另一个是中翠天下。”

“哪个项目有独栋别墅?”

“稍等，都有的，宇翠庭有十一幢独栋，中翠天下有八幢独栋。”

朱鹤，你会选择哪个呢？突然他想起了朱鹤另一句话：“我告诉你一个秘密，我从来不买自己公司的房子。”

“珊珊，宇翠庭是不是永盛集团的?”

“对，哦，不，是中翠天下。”

宋诚挂了电话，打开手机导航，朝天桥的正北方向跑去。加速，让我再加点儿速度吧。

朱鹤站在二楼阳台上，他并不着急欣赏眼前的景色，转过头，看到一个少女正睡在主卧的大床上，安详而又宁静，全然没有刚才的抵抗。

那件事对他打击很大，让他在很长时间里都诚惶诚恐，以至于妻子俞笑未能怀孕都让他觉得是自己的责任。这世间一切都是有报应的，即便不发生在自己身上，也可能发生在子女身上，所以这四年里他一直克制着内心的欲望，加之事业上成为集团总裁，对外拓展业务树立威信，对内他要时刻和董事长家族的人员暗中对抗，这确实也分散了他的注意力。他本以为自己已经可以摆脱心中魔咒，人生重新开始，但谁料，那欲望在半年前浮出水面，让他内心冲动，他去找圆通大师学习佛经，希望可以驱散心中邪念，却也无济于事。

朱鹤关上窗，拉上窗帘，慢慢走向床边，走到黄芸身边，点亮了灯，手轻轻抚摸她的睫毛，真的很像，很像他十四岁那年鼓起勇气告白的那个人，可惜却被对方拒绝，并被嘲笑。那段时间他一直不想去上学，不想见任何人，父母还以为他功课出了什么问题，带他去看过心理医生。那个医生就是骗子，只给他开了价格昂贵、但只是增强免疫力的灵芝胶囊，自此他不再信任心理医生，当然他装作好了的样子重新回到学校，仿佛那件事从未发生。

大学期间其他同学都忙于爱情，他却没什么兴趣，而因为成绩优异、长相俊朗，追求他的女生非常多，他不堪其扰，便以学业为重或工作为重作为拒绝借口。他内心十分害怕，他担心自己会不会永远不会爱上别人，到老都是孤苦伶仃，直到有一天他在路上看到一个放学的初中女生，那种心跳再次回到他身体内，躁动、狂热、不知原因的兴奋，甚至觉得这个世界就是属于他一个人的，往常日子里那些平淡的画面都在此时变得五彩斑斓，即便他身处黑暗，也相信黑暗中会有五彩斑斓。

此后，他跟踪那个女生，知道了她叫张怡然。他试图接近她，但无功而返，在他觉得不可能有机会的时候，他偶然知道了她的网络账号。每一个青春期的少女都需要一个精神导师般人物的存在，更何况张怡然有一个看似幸福但实质没有温度的家。如果她是一个普通的女孩儿，她会默默熬过这个时期，顶多在成人后偶尔会想起，跟最亲密的人诉说这段没有爱的时光，但张怡然并不是这样，她有着对生活的浪漫憧憬，她不能接受人生中有这么一段略带灰暗的时光，这也就是朱鹤能够接近张怡然的原因。一开始他确实只是想认识她、了解她，但随着沟通的深入，他有了保护她、照顾她的念头，当然还包括更大的欲望。

黄芸也是如此，她的睫毛、侧面都跟张怡然非常像，相比七年前，他这次的工作做得非常细致，他一步步让黄芸进入他设下的套里。一个没有被关爱的倔强少女渴望被关爱，当一个人出现并随时关心她，便可以走进她的心里。随后他们见面，当妻子俞笑还以为他在美国的时候，其实他已经提前三天回到了国内，他对自己的外表和气场充满信心，他原以为这次便可以收网，但没想到却被黄芸拒绝，这辈子他最不能容忍的就是被拒绝，愤怒让他使用了事先准备的迷药。

朱鹤就这么站着，好像听到有人朝他喊："不能这样，不要，张怡然、黄芸……"他痛苦地蹲下身，双手抱头，跪在地上，几分钟后，喉结涌动，呼吸急促，睁开眼，面无表情地从口袋里拿出《不净观》《欲海回狂》，疯狂地撕毁，并用力地踩。

他重新带着胜利者姿态来到床边，褪去黄芸身上的T恤，她露出了洁白的肌肤，随后是……他从裤袋里掏出了手机，这是好几年前的手机，他对着床上的人各种角度拍摄，感到了前所未有的快感。这跟他这段时间用另外一个QQ小号加了很多十几岁女孩子的QQ，用QQ币换取她们内衣照的感觉完全不同。他全身都在颤抖，这感觉太好了。

第二十章　暗恋者的救赎

你的眼睛这么漂亮，我一看到，就肯定会想起你的。等你病好了，拿下口罩，给我一个微笑好吗？要像太阳一样灿烂。

宋诚拿出工作证，又将李珊珊传过来的朱鹤汽车照片给保安看，保安一看就说那辆车子已经进入别墅区域，但不知具体哪一栋，宋诚立刻跑向别墅区，并通知郑新即刻赶来。很快他眼前就是别墅，第一排共有四栋独栋别墅，这是整个小区位置最好的，不但分属各家的草坪面积大，前面更有一条水系，水质清澈。

朱鹤会在这四家中的哪一家呢？第一家和第四家露台都有晒洗的衣服可以排除，第二家和第三家都感觉很久没有住人的样子，唯一的区别是第二家每个窗户都窗帘紧闭，第三家却除了二楼主卧窗帘拉着，其他房间都没拉窗帘。

按照保安说的时间，朱鹤大概已经进入有四十分钟了，留给自己的时间越来越少，他快步跑向第三家，因为他和小兰去看二手房的时候，曾看到那栋房子玻璃上贴满了报纸，中介解释说是因为房子装修过，害怕阳光损伤家具，那么第二栋别墅全都拉着窗帘，说明很久没有人进去了，更何况朱鹤说他喜欢看窗外的美景。

宋诚越过栅栏，走到车库旁，车库门并不是完全密封的，他看到了朱鹤的车子，他仔细观察后，发现后门上的窗户没有锁死，便爬了进去，那个二楼拉着的窗帘表明朱鹤正在二楼，宋诚小心翼翼走到二楼，听到里面响动后，轻轻推开门看到了朱鹤正拿手机拍摄躺在床上的黄芸。

趁着朱鹤转换拍摄角度的空隙，宋诚悄悄推开门，慢慢靠近他，一把扼住了他的脖子。宋诚的余光瞥见了躺在床上一丝不挂昏迷的黄芸，有些吃惊，稍微放松了手上的力度，被朱鹤敏锐察觉，左手肘部用力顶向宋诚的胸。宋诚应声倒地，朱鹤回头这才看清是宋诚。他迟疑了，怎么会有警察，现在该如何收场。朱鹤显然没有料到会遇到警察，他还没想清楚就挨了宋诚重重一拳，被打倒在地。宋诚并未罢手，扑了上来，又是几拳，朱鹤的鼻子、嘴角都出了血。“衣冠禽兽，她还那么小。”宋诚嘶吼着，见朱鹤已经不再抵抗，便站起身走到床边，拿起被子盖到黄芸身上，用手探了探黄芸的呼吸，大声喊她的名字，都没反应。宋诚猜想她被迷晕了，转身想质问朱鹤用的什么迷药时，嘴巴却被一块毛巾堵住了。朱鹤就站在他身后，宋诚失去了知觉。

迷药不会持续很长时间，必须想到办法解决现在的麻烦。朱鹤用手碰了下嘴角的伤口，血还在流，他有些懊恼自己这次有些操之过急了，随后便苦笑，如果能够忍受住欲望，那他又怎么会这么狼狈。他看了一眼宋诚和黄芸，走到隔壁的卫生间，用清水擦拭伤口，抬起头就看到镜子里的自己多处出血。该怎么办，难道把他们两个都杀了，他摇摇头，不，不能这么做，这样做肯定死路一条，但这次想全身而退已经不可能。他恢复理智，只能先毁掉所有的证据，然后待黄芸清醒后，尽量安抚她，让她的口供有利于自己，这样最多牺牲道德口碑，这是最好的方法，那个手机不能留了，他还真有些舍不得。他关掉水龙头，快步走到主卧，他做梦都没想到，俞笑正弯下身，捡起了手机，无比震惊地看着他。

“你做了什么？”俞笑压制住内心的悲愤。

“笑笑，听我说，这只是一个误会。”朱鹤扬起双手想去拿她手上的手机。

“别靠近我。”俞笑警觉地往后退了一步，怎么会这样，她来这里的目的是阻止丈夫朱鹤的罪行，不让他成为破坏家庭的人，却为时已晚，黄芸、宋诚都倒在地上不知死活，一切都难以挽回。她在家里的抽屉暗格里发现了这个小区的物业卡和钥匙，她猜到朱鹤会在这里。她本以为自己可以拯救这个男人，拯救这个家庭，就像四年前那样，但她还是晚了。“你要怎么收拾？”

朱鹤见俞笑的语气缓和：“我有办法，你先把手机给我。”

“不行，你该不会想杀了他们吧。”俞笑最后的声音已经颤抖，她想到了倒在血泊里的张怡然，这是她一辈子都不可能忘记的场景。

“不会的。”朱鹤的右手伸进口袋里抓住那个浸泡过迷药的方巾，上前一步试图安抚俞笑，此时他的脚突然被人抓住，低头一看是宋诚，他竟然清醒了。宋诚一用力，朱鹤倒地，二人扭打在一起，俞笑在一旁不知所措，最后二人谁也没能占到便宜，竟然僵持住了，都动弹不得。

宋诚声音有些虚弱：“快出去喊人，他是一个恶魔。”

“笑笑，把手机毁掉，毁掉它。”朱鹤见俞笑并未行动，“笑笑，我都要做爸爸了，你要做妈妈了，我们一家三口重新开始！”

“你，你怎么知道我怀孕了？”

“刘欣告诉我的，她看到你在书店买过书。”朱鹤见俞笑并未说话，心里着急，“笑笑，我们好不容易才在一起，我知道你为我做的所有事情，你知道我为什么会中意你，因为我知道你每天都会在面包店里偷偷等着我、看着我，我也知道你悄悄加入我的QQ群，你所做的一切我都知道。”

宋诚看到俞笑神情已经被朱鹤说得动容，但他却已没有力气再说话，并感觉随时会陷入昏迷。

俞笑举起手机，准备往地上狠狠砸的时候，看到了宋诚无可奈何的表情，还有朱鹤露出笑容的表情，即便是在婚姻的疲倦期，她也觉得朱鹤的笑容是天下最美的，但此时她却感到了恶心。

“啊，啊，啊！”俞笑突然毫无征兆地怒吼，双手死死地捂住嘴巴，手机跌落在地上，屏幕碎裂，儿时的记忆如同这碎裂的屏幕一一闪现。

一个戴着口罩的男孩儿气喘吁吁地站在尘土飞扬的操场上，这是夏天，电台的天气预报说，这是江城近三十年来最炎热的夏天。男孩儿前面一个女孩子和另一个男孩子扭在了地上，二人互相牵制动弹不得，身上沾满了尘土，小腿、小胳膊、脸上都是划痕，渗着鲜红的血色，看样子他们还都只是五六岁模样儿。

女孩子扎着马尾辫，一脸倔强，这场搏斗已让她精疲力竭，但她依旧气鼓鼓：“臭东东，看你以后还敢不敢欺负人。”

男孩儿不甘示弱：“你才是臭笑笑，我们男人之间的事用不着一个女的来管。”

他们两个不约而同望向面前戴口罩的男孩儿，笑笑说："你还不来帮我，快呀！"

东东着急了："你要是敢帮她，我们所有男孩儿都不会跟你玩了。"

口罩男孩儿依旧一动不动，从他记事起，妈妈就说他有病，整天都戴着口罩，因此他没有玩伴，因为所有家长都觉得这样一个戴着口罩的男孩儿说不定会有什么传染病。每当他想靠近的时候，别的孩子就会被家长立刻带走，并投来异样的眼光。时间长了，孩子们也知道他好欺负，几个男孩儿总会捉弄他，甚至是打他，这个叫东东的男孩儿就是其中之一。就在刚才东东抢了他的包子，剩下一口故意扔在地上，还踩了几脚，要让他吃下去。就是这个第一次见的女孩子，一把抢过那口包子，扔在了东东身上，然后两个人扭打在一起。

"大宇，回家吃药了。"远处传来奶奶的声音，口罩男孩儿跑了。

笑笑很吃惊："喂，你怎么跑了。"她一说话，就泄了气，被东东占了上风。东东坐在笑笑身上，几个拳头下去："叫你给他出头，叫你给他出头。"

王大宇回头看到了笑笑被打但依旧倔强的脸，跑得更凶了，自此他一连三天没有出现在那个废旧空地，相比东东，他更害怕看到那个女孩子。

第四天，王大宇戴着口罩重新出现在他们面前。小朋友们早知道了这事，跟在他后面唱着："大宇是个胆小鬼，怕风怕雨怕打雷。"那个女孩儿出现了，王大宇想逃回家，却被女孩儿拦住，拉着他的手，站在那帮小朋友面前，大声说："难听死了，你们都唱反了，是这么唱的，东东是个胆小鬼，怕风怕雨怕打雷。"

然后她大喊“快跑”，二人手拉着手跑。王大宇跌倒，女孩儿把他拉起，后面的孩子追了上来，二人跑了很远很远。王大宇从来没跑得这么远过，他感到很累，却很舒畅，把其他小朋友都甩在了身后。

“我叫俞笑。”俞笑等了一会儿，可是王大宇并不说话，“你怎么不说话，你是不能说话吗？”俞笑稚嫩的脸上没有了笑容，只剩下些担忧，“那天我没讨厌你，我妈妈说，你是被欺负惨了，所以不敢帮我。”俞笑想让这个男孩儿开心点儿。

两个孩子不再说话，一起坐在地上，看着夕阳，二人手拉着手回家，王大宇看着俞笑离去的样子，呆呆地站了很久，幼小的他第一次感受到了来自不是亲人的关爱，这感觉真好。

此后的一个多月他们一直在一起玩，小伙伴们也不会欺负王大宇了，俞笑不会知道，这是王大宇整个童年唯一有玩伴的时光。

有一天，俞笑说：“你戴着口罩热吗？可以摘下让我看看你吗？”

王大宇想起奶奶的告诫：“如果你摘下口罩，就会传染给看到你的人。”吓得他往后一站，摇摇头，然后小声地说：“你会忘记我吗？”

俞笑倔强的表情：“不会的。”

“但你不知道我长什么样子。”

俞笑从头上拿下一个发夹，上面有两只蝴蝶，塞到王大宇手上：“这是我最喜欢的蝴蝶发夹，给你，以后你拿着这个我就会知道是你了。”

“所以你会和我做一辈子的朋友，对不对？”王大宇很害怕被拒绝。

“当然，我们要做一辈子的朋友，永远不分离。”俞笑摸了摸王大宇的头发和额头，“你的眼睛这么漂亮，我一看到，就肯定会想起你的。等你病好了，拿下口罩，给我一个微笑好吗？要像太阳一样灿烂。”

王大宇使劲儿点了点头，二人都不知道，这是他们那个夏天在一起的最后一天。

原来这就是王大宇殴打秦杋的原因！

原来这就是王大宇为什么在警局突然冲自己微笑，因为他要完成自己的承诺。

“四年前的那个清晨，你是不是去了瓦胡同？”俞笑的声音异常冷静。

朱鹤绝对不会犯这样的错误：“笑笑你在说什么，我没去过。”

“那为什么你会在QQ群里说要去瓦胡同晨跑，跟你认识的张怡然会死在那里，你不但跟她认识，你还救过她，为什么你一直否认，为什么我说要去瓦胡同看新房子，你就紧张地撞到柱子。”俞笑一口气说完，但朱鹤神色未变，多年的高管经历让他即便在这么棘手的环境下也能自若。她决定赌上一把：“这手机里肯定有答案，难道你以为我是想害你，我对你怎么样，你都懂的，我只不过是想知道真相，不管怎么样，我都愿意和你并肩作战，何况我都有了你的孩子，医生说这是我唯一的孩子。”

俞笑看到朱鹤并不完全相信她，便说：“你知道吗，四年前，我看到了你逃跑的背影，但是我没有告诉警方，因为我要保护你，难道我现在成了你的妻子，你孩子的妈妈，就会出卖你吗？”

朱鹤感到宋诚的力量似乎在减弱，只要先稳住俞笑即可。俞笑说得很对，即便不承认，但是手机里的秘密还是会曝光的：

“是的，那天我是去了瓦胡同。”

“所以王大宇是无辜的，张怡然是你杀的。”

朱鹤点了点头。

俞笑跌坐在地上，痛不可抑。“啊……”她嘶吼着。

她终于知道为什么王大宇会出现在那天的凌晨，陈文说过，事发的前一天，王大宇曾去跟陈文告别，因为他在政府帮助下找到了新工作，并说还有一个人需要去告别。那个人就是俞笑，而那天自己拒绝了欧阳琪的求婚彻夜未归，王大宇肯定看到了在街头失魂落魄的自己，担心会出事，因此他偷偷跟着，于是他也跟随自己到了瓦胡同，听到张怡然的求救后，他才会出现在案发现场。

原来自己才是真正不可饶恕之人，四年前，认为有犯罪前科的王大宇是不可饶恕之人，为保护暗恋的朱鹤不受案件牵连，隐瞒了可能存在的逃跑身影，让王大宇陷入绝境；四年后，当她得知王大宇故意伤人罪完全是因自己而起，却一直逃避，甚至希望不知道这一切；但现在才知道自己的自私，不但让罪恶之人朱鹤没有受到法律的严惩，还成为危害像黄芸这样无辜少女的定时炸弹，更害死了王大宇。

但王大宇为什么要认罪？为什么……他才三十多岁，本该拥有全新的生活，开始新的人生，他为什么要认罪……

小兰出现在她的脑海里，她说过对人冷漠的王大宇对“4·13 案件”的杀人犯徐达江的杀人动机非常感兴趣。

俞笑瞬间泪水狂奔，死死捂住嘴巴，真相竟是如此。

因为自己的伪证让王大宇陷入绝境，但他却还担心着俞笑，如果他死死咬定凶手另有其人，那么真正的凶手会不会像徐达江那样杀掉唯一的目击者俞笑。王大宇一定是看不到未来了，看不到希望了，所以才选择用最后的生命来守护俞笑，而让他看不到希望的人却正是俞笑自己。

她无法原谅自己，她站起来，对着朱鹤说："游泳的鱼。"

"笑笑，你说什么？"朱鹤表情有些勉强。

"我知道'游泳的鱼'就是你，好的，现在我来帮你摆脱。"俞笑挥起拳头重重砸向朱鹤，像当年要保护王大宇那样的拳头，用尽全力，却不料朱鹤躲开，她倒在了地上，宋诚也被朱鹤一脚踢开。

尾声

爱的美妙也许就在于，你无法明确知道，爱到底发生在哪一刻，或许是那天她望向远处的时刻，或许是她笑着从你身边跑过的瞬间，也许是小时候她帮我挡下拳头的时候，我真的不知道。

朱鹤立马从地上拿起手机，他面目狰狞，怒吼：“你以为那是我想要的吗，你以为我不煎熬吗，你以为我不想成为一个正常的人吗?”他高高举起手机，准备狠狠砸向地面时却被背后的宋诚一把推倒，手机再次掉在地上，宋诚立即捡起。朱鹤对着宋诚又是一腿，就在第二腿时，俞笑拿起台灯狠狠砸在了朱鹤身上，此时郑新等人冲了进来，将朱鹤制伏。朱鹤被带走前，眼睛狠狠地盯着俞笑。

宋诚过来扶起俞笑，俞笑淡淡地说：“这才是他本来的面目吧。”

两天后，手机里的信息终于全部复原，里面包含七年前和张怡然的通话记录、短信，更有张怡然被迷晕后的裸照，案件终于取得了突破性进展，朱鹤也交代了所有的事情：七年前他对张怡然一见倾心，跟踪多次后终于知道了她的个人信息，并弄到了张怡然的 QQ 号码，随后二人成为网友。朱鹤装成陌生人的模样，对缺少家庭关爱的张怡然各种温暖关照，取得张怡然的信任。二人第一次见面，张怡然把他当作知心哥哥，没有预料他会在饮料里投放迷药，被朱鹤拍下裸照，并发生了关系，清醒后的张怡然愤怒难平，准备报警，却被朱鹤威逼利诱所放弃，但张怡然自此患上抑郁症，甚至跳河自杀，最后远赴美国求学。三年后，朱鹤还是对张怡然念念不忘，几经辗转，联系到她，并以裸照要挟其回国。二人相约在瓦胡同的清晨见面，但没想到趁着无人，朱鹤想抱她却被推开，张怡然拿出事先准备好的刀吓唬朱鹤，二人撕扯中，朱鹤误刺了张怡然的心脏。在听到脚步声后，他擦干了刀上的指纹，往北跑去……

宋诚从审讯室走出来，一抬头就看到了俞笑。俞笑想跟朱鹤说几句，宋诚点了点头。

朱鹤的脸色苍白，神情倦怠。俞笑第一次觉得这个密封的空间不错，因为外面关于永盛集团总裁被捕的新闻已经传得沸沸扬扬，董事长已经启动紧急公关方案，朱鹤在今天早上的临时董事会上被罢免了所有职务并被解除劳动合同。

朱鹤好像并没有看到俞笑一般，目光呆滞，不知在想些什么。

“你爱过我吗？我终于明白了你为什么会突然一改常态，对我有了兴趣，你早就知道我是那件命案的唯一目击者，所以想接近我，不但能知道警方的动态，还能牵制我的口供，因为你那时已经知道我就在你的 QQ 群里，并看到了你撤销的消息。”

朱鹤无言。

“那天我在永盛集团看到你跟乙方发火，摔了茶杯，拍了桌子，所有人都以为你是为了集团总裁之位才发火的，其实那只是你杀人后的恐惧，对吗？”

朱鹤仍然不说话。

“那本日记写的是真的还是用来迷惑我的？”

朱鹤依旧沉默。

“你爸早就知道你的事情。”

“不可能！”朱鹤终于抬起了头，用低沉的声音说，“你在骗我！”

“他早就知道！”俞笑用眼睛盯着他，“这就是你一直不理解他阻止你读博的原因。”

朱鹤瞪着俞笑：“不可能，你不要，不要再说了。”他那眼神想要杀人。

“在你收到博士录取通知书的同一天，你家不但失去了邻居张叔叔，还来了一个不速之客，那个人说要找谢老师。”

朱鹤绝望地闭上眼睛，俞笑并未停止：“那次你带我去买鞋，你是故意让我知道，你没买新鞋也没去跑过步，但你没料到那天会遇到那对母女。她们认出了你，你或许至今都不知道她妈妈为什么要装作不认识你，那都是因为你爸和她做了一个交易。你爸很爱你，怕你在学校里惹出什么事，所以一改常态，坚决反对你读博，他要在江城看着你，可惜这只是他的一厢情愿，谢老师。”俞笑将“谢老师”三个字说得特别重。

俞笑试图去寻找那对母女，但没有任何线索，从朱鹤父亲那里也得不到任何信息。

“你以为我想吗？你知道我受过高等教育，有自己的三观，但是我就是控制不住自己。我尝试过很多方法想拯救自己，想把自己从地狱里拉出来，可是我失败了。”朱鹤的声音没有了之前的疲惫，却带着深深的无力感。

说完，朱鹤大口地喘气，望了一眼头顶上的白炽灯，更加映衬出他苍白又颓败的脸色。“那时我在读研二，在学校里很风光，这个你是知道的，所有人都在夸我，都喜欢我，那时我感觉自己是无所不能的，内心开始膨胀，那邪恶的欲望又出现了，这次我没有抵抗，心里很幸福，因为我想到一个完美的方法，为了避免被人发现，我利用假期去了几十公里外的县城，化名谢老师，很快成了那个女孩子的家教，我其实一直都很小心，也很纠结，但最终还是没有控制住自己，我利用学生的信任，偷拍她的私照，但没想到被她妈妈发现了，我落荒而逃，心里却不害怕，因为我没有留下任何真实资料。”

俞笑冷笑：“你知道吗，你的完美假期计划，会成为别人一辈子的噩梦，可是任何的犯罪都会留下证据，你以为的万无一失，她妈妈也有防备的，不要把别人当傻子，这也是你为什么一直抗拒抛头露脸的原因，因为你曾在外面扮演过太多的身份了，谢老师、朱秘书、小鱼老师。”俞笑笑了起来。

俞笑在走出那扇门的时候，猛然回头，嘴唇动了几下：“你爱过我吗？”

朱鹤哑然失笑：“还记得那条狗吗？那条一直想要跳到垃圾桶上吃一口残渣的狗，但它怎么努力也跳不上去，那天我没有在它眼睛里看到什么，只看到了自己，那种想要跳出来，想要摆脱心中魔鬼的无力感。我和那条狗没有什么区别，我们都苦苦挣扎，都没有未来和希望。我多么希望有人可以来拯救我，有人可以来拉我一把，可惜我只能照顾它一个晚上，而我自己却……”

朱鹤不再说下去，俞笑最后看了他一眼离去了，她原本想告诉朱鹤她已经打掉了孩子，最后还是忍住了，脑子里又浮现医生当时反复的确认："俞小姐，这个孩子可能是你此生唯一的孩子了。"

清晨，俞笑从信报箱里拿出一张明信片，署名上官燕，明信片上有她和未婚夫在毛里求斯海滩的照片，俞笑觉得那个男人长得很像欧阳琪。上官燕写到：我和他都是复姓，这样的概率也挺低的。俞笑很快回了信，随后亲吻了明信片，交给邻居的孩子帮忙寄出。

宋诚就站在不远处，今天他要带着俞笑驱车前往南山墓场。二人下了车，各自捧了一束花，一左一右，并肩前行。俞笑悄无声息地说了一个五岁女孩儿和七岁男孩儿的故事，宋诚一直没说话，从口袋里拿出蝴蝶发夹，塞到俞笑的手里，那是王大宇唯一的遗物。

王大宇的墓前已经有两个人，蹲着的是张雄，在墓前洒了一壶酒，站他后面的是陈文，他跟俞笑、宋诚点头致意。

张雄说："大宇，我和孩子妈要谢谢你，在丫头最后的生命里，是你陪着她，给了她在这个人世间最后的温暖，我知道丫头走的时候一定没有感到害怕。孩子她妈，你现在放心了吧，我们女儿走的时候有人陪着她，她不冷，她不疼，你以后再也不要自责，再也不用半夜突然醒来说想到女儿这么痛苦地死去就觉得自己枉为人母。大宇呀，我把丫头和她妈的坟迁到你这里来了，你们三个再等几年，等我过来跟你们团聚。"张雄站起身，对三座坟墓都敬了酒，泪水与酒水相融滴落。

陈文、俞笑、宋诚将鲜花放在了地上，陈文从胸口拿出一张纸，那是同桌时陈文捡到的，王大宇自习课上写的：

爱的美妙也许就在于，你无法明确知道，爱到底发生在哪一刻，或许是那天她望向远处的时刻，或许是她笑着从你身边跑过的瞬间，也许是她小时候帮我挡下拳头的时候，我真的不知道。

以前，我很难受，因为从来不知道被人喜欢的感觉，我不知道自己存在的意义；但现在，我很高兴，我知道了自己存在的意义，全心去爱一个人，做一个更好的自己，虽然这只是一场永不告白的暗恋。

在纸的背面，是陈文写的：

如果你也像我一样，曾经有一场永不告白的暗恋，或许我们只是他们人生中微不足道的一笔，但她（他）却曾是我们的全部，点亮我们的人生，勇敢向前。

他点燃火柴，纸烧了起来，灰烬起飞。

四个人目送灰烬扬起，随风而逝。

俞笑将前往警局以伪证罪自首，并将告发强奸她的秦札，她必须这么做，否则她将此生都无法和自己和解，如果时光可以倒流到高一那个大雨滂沱的夜晚，她再懦弱、再勉强也一定会去报警，她想在天上的张怡然肯定也是相同的想法，只是时光无法倒退。她请求宋诚下次去学校普法教育时，一定要把自己的经历告诉孩子们，让他们勇敢地保护自己。

她从台阶迈下，阳光透过树叶射落，她拿起蝴蝶发夹，重新绑在头发上，想起那个夏天，那个喜欢蝴蝶发夹的女孩儿对戴着口罩的男孩儿说："等你病好了，拿下口罩，给我一个微笑好吗？要像太阳一样灿烂。"